こそっと恥じらう姿を俺だけに見せてくる学園のお姫さま

雨音恵
イラスト
ゆきみや湯気

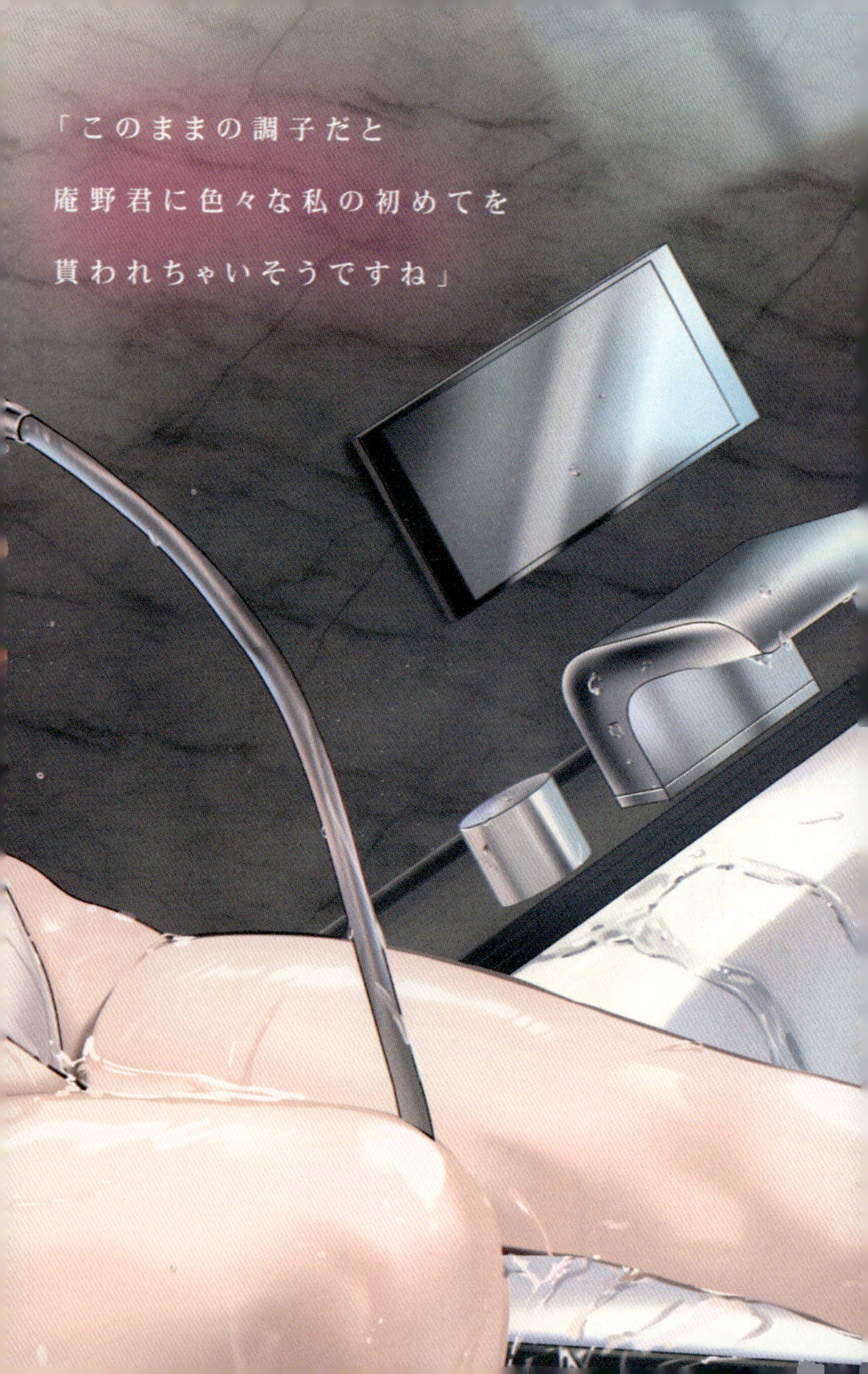
「このままの調子だと
庵野君に色々な私の初めてを
貰われちゃいそうですね」

放課後、気になるクラスメイトの男の子の家で
翌日の水泳の授業で着る水着を
披露するのだが……？

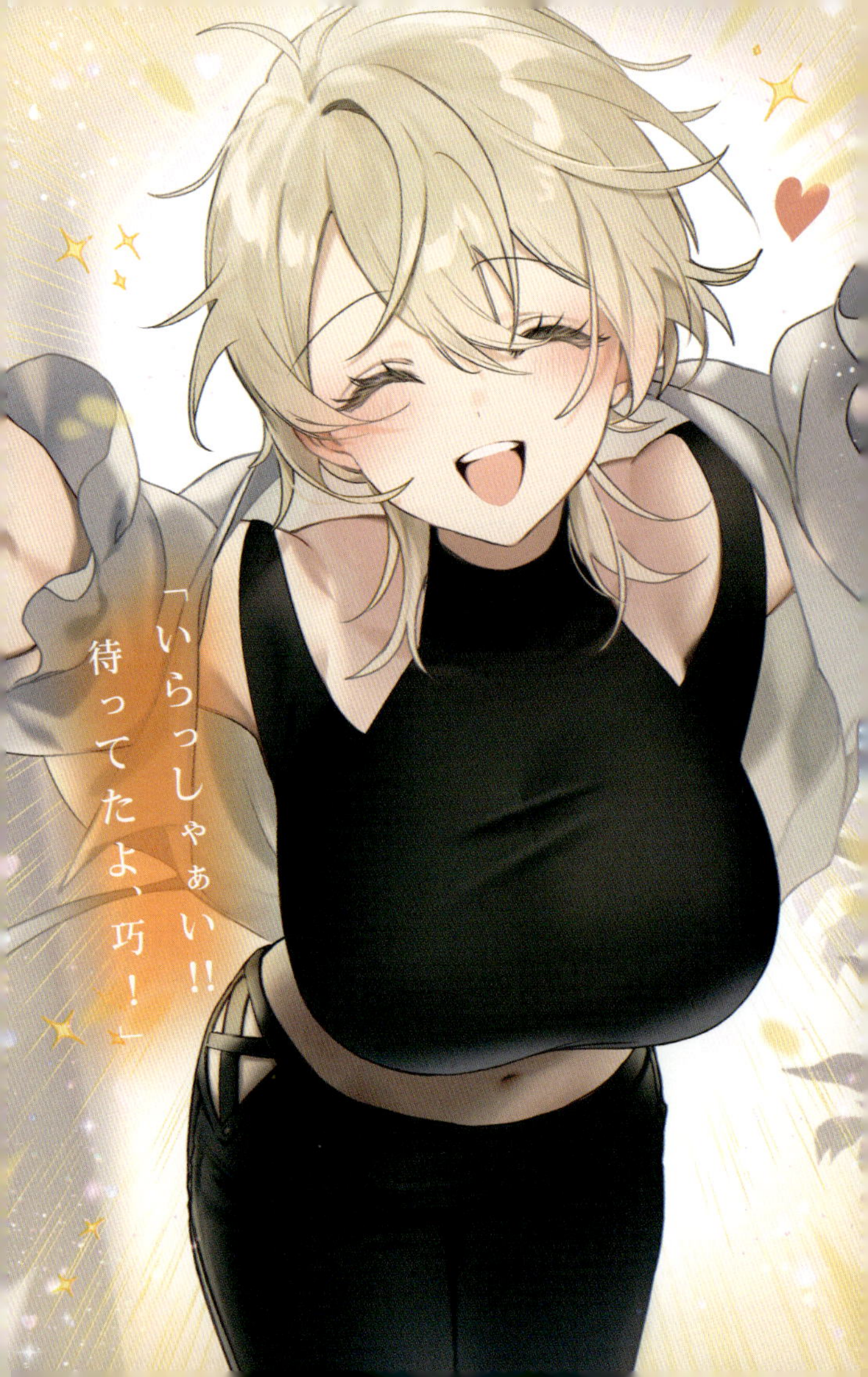
「いらっしゃぁい!!
待ってたよ、巧!」

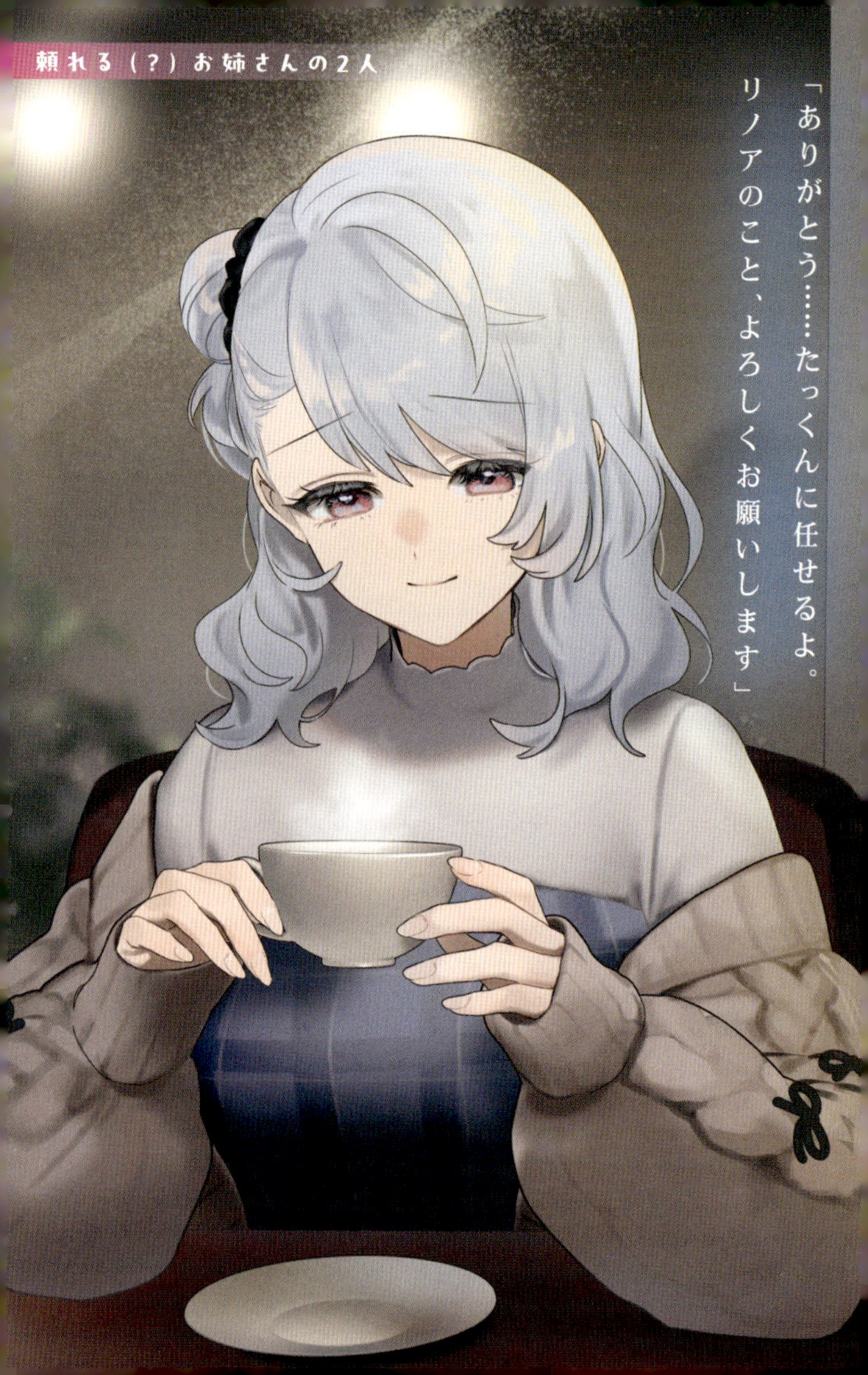
頼れる（？）お姉さんの2人
「ありがとう……たっくんに任せるよ。
リノアのこと、よろしくお願いします」

キミの素顔を見せてほしい
「私とたくさんイケないことしましょう。
庵野君、鎖は絶対に
手放さないでくださいね？」

#こそ恥
#お姫さま
#コスプレ
#撮影
四ノ宮《しのみや》リノア
清楚可憐を
絵に描いたようなお姫さま。
庵野《あんの》巧《たくみ》
写真撮影が趣味の
高校生。
楪《ゆずりは》雪《ゆき》
巧がカメラマンを務める
人気モデル兼レイヤー。
四ノ宮《しのみや》アリス
モデル活動をしている、
リノアの姉。

こそっと恥じらう姿を俺だけに見せてくる
学園のお姫さま

雨音 恵

MF文庫J

nts

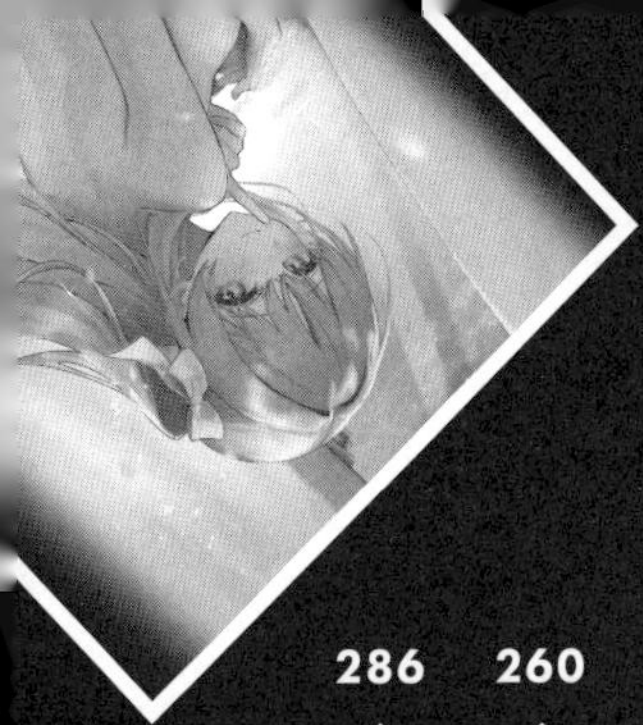

conte

口絵・本文イラスト●ゆきみや湯気

プロローグ

——いつもどんなことを考えながら写真を撮っているの？——

いつのことだったか忘れたが、父さんに聞いたことがある。
きっかけは覚えていない。ただ何となく子供ながらに気になったか、もしくは〝お父さんとお母さんのお仕事について知りましょう〟みたいな宿題を出されたとか、そんな些細《ささい》な理由だったと思う。

——そうだな……あえて言うなら一瞬の美しさを逃さず永遠に記録する、かな？——

——？　それってどういうこと？——

成長した今ならわかるが、ただその時ははにかみながら話す父さんの言葉の意味が理解できなかった。何だよ、一瞬の美しさを永遠に記録するって。いくら何でもカッコつけすぎだ。

――大きくなれば巧《たくみ》にもわかるさ。まぁそのためにはお前も見つけないといけないけどな――

――見つけるって……なにを？――

――決まっているだろう？　それはだな……――

自慢げな顔で父さんが何を言ったのか。それを思い出すよりも前に俺こと庵野《あんの》巧の意識は現実に引き戻された。

（……一体何が起きているんだ？）

晴れて高校生活二年目を迎え、新しいクラスにもようやく慣れてきたある日の放課後。

偶然通りかかった空き教室で俺はそれを目撃してしまった。

「んぅ……中々、上手《うま》く……撮れませんね……」

学校内、いや日本国内に範囲を広げてもトップクラスの美女にしてクラスメイト、四ノ《しの》宮《みや》リノアさんが机の上に座って自撮りをしていた。

しかもどういうわけか制服をはだけさせた淫らな姿で。

第1話：放課後の空き教室

　春は出会いの季節とよく言うが、実際のところ何も起きないのが現実だ。高校二年に進学し、クラスが変わったので多少の変化はあったものの大半は見知った顔。名前を覚えるのもそう苦労はしないだろう。

「よしっ……！　今回の写真もちゃんとバズったみたいだな」

　朝。にわかに教室が騒がしくなりだした中。俺――庵野巧は自分の席に座ってスマホでSNSをチェックしていた。

　画面に映し出されているのは俺が先週末に撮影した女性コスプレイヤーさんの写真。扮《ふん》しているのはアニメや映画などメディアミックス展開が盛んなソシャゲのキャラクター。衣装は全て手作りでその完成度は非常に高い。それに加えてポージングや表情作りも完璧で、コメントも称賛の言葉が並んでいる。

「さすがユズハさん。俺なんかが撮っていいレベルの人じゃないよな、やっぱり……」

　自嘲しつつ俺はユズハさんの画像欄を漁《あさ》っていく。版権キャラクターだけではなくオリジナル創作もある。中には肌の露出成分が多く、全人類の紳士諸君には少々刺激が強いものもある。

「おっす、巧《たくみ》。朝から機嫌よさそうだな。何かいいことでもあったのか？」

「おはよう、新《あらた》。別に何もないよ、至って普通だよ」

気さくに声をかけてきたのはクラスメイトの九鬼《くき》新。中学時代からの腐れ縁の友人であり、同時に俺がやっていることを知っている数少ない人物。

自分で言うと悲しくなってくるのだが、俺は学校という箱庭限定でコミュニケーション力を発揮することができない。正確には年上の人とは普通に話せるのだが、どういうわけか同世代が相手だと上手《うま》く話せないのだ。

そんな俺とは対照的に新には友人が多く、ともすればクラスの中心に立ってるような奴《やつ》なのだがどういうわけか日陰者の俺と一緒にいる奇特な男である。

「そうかぁ？　その割には顔がにやけているように見えるけどな。今朝投稿された写真がバズって嬉《うれ》しいんだろう？」

「……そんなことないが？」

「そんなことあるだろうが。というか羨ましいぜ。あんな美人さんと二人きりで撮影会が出来るなんてよぉ！」

「何度も言っているけど撮影以上のことは何もないからな？　新が期待しているようなことは一切起きないからな？」

まぁ実際は何度か打ち上げに誘われて食事に行ったことがあるのだが。ただ断じてそれ以上のことはしていない。あくまでレイヤーとカメラマン、依頼主と請負人という健全な関係である。仕事に私情は挟まない。

「お前のその鋼の理性というか仕事人ぶりには感服だよ。俺なら間違いなくすぐにどうにかなっちまうわ」

「推しとは適切な距離を取るのを徹底するってことだな」

「ハァ……俺には絶対に無理だわ。それならクラスメイトの女子を眺めている方が性に合ってるわ」

そう言って笑いながらやれやれと肩を竦《すく》める新。それはそれでどうなんだと心の中でツッコミを入れる。顔よし、身長高し、運動神経よし、話も上手しと女性にモテる要素をほぼ全て持ち合わせているのに恋人ができたことがないのはこういった残念な発言のせいかもしれない。

「それはそれとしてだ！　もし巧がこのクラスの中の誰かを撮影するってなったら誰がいい？」

「なんだよ、藪《やぶ》から棒《ぼう》に……」

「藪から棒じゃねぇからな!?　毎年春先に聞いている恒例行事だからな!?　今年こそは答えてもらうからな！」

バンッ、と机を叩《たた》きながら顔を近づけて圧をかけてくる新。彼の言う通りこのやり取りをするのはこれで通算五度目となり、その度に俺は回答をはぐらかしてきた。特に理由があるわけではないのだが、強いて言えば仮の話とはいえ気分が乗らないのだ。

「いいや、今回こそは答えてもらうぞ。なにせこのクラスには四ノ宮《しのみや》リノアがいるんだからな！」

「……あぁ、四ノ宮さんか」

言いながら俺と新《あらた》は教室にあるひと際大きな人だかりの中心にいる女子生徒に視線を向けた。彼女はこの学校——銀花《ぎんか》高校——において、入学したばかりの新入生であってもその名前を知らない者はいないほどの有名人。

絹のように柔らかく、わずかに桜色がかった光沢のあるプラチナブロンドの髪。すぅと整った鼻梁《びりょう》に長い睫毛《まつげ》に宝石のような翡翠《ひすい》色の瞳。一切の穢《けが》れのない透き通る乳白色の肌。あらゆる要素が精緻な美しさを有している。それでいて聖女のような慈愛に満ちた性格で文武両道とくれば神様の不公平さがよくわかる。

いつも屈託なく笑っていて、休み時間だろうとお花摘みに行こうと移動教室だろうと常に誰かと一緒にいて一人でいるところを見たことがない。さながら一国のお姫様といったところだ。

「ユズハに匹敵するレベルじゃないと食指が動かない贅沢者《ぜいたくもの》の巧《たくみ》でも、四ノ宮さんなら撮りたいんじゃないか？」

「そりゃそうだけど……ファンクラブ会員が許さないだろう？」

「ハハハッ！　まぁ確かにそうだな！　ましてや個撮なんてしてみろ。翌日の朝日は拝めないと思え。それくらいの覚悟がなければやめたほうがいい」

「……ファンクラブはおっかないな。まぁそんなことは起きないから安心しろ。クラスメイトを撮るのは気が引けるし、なにより仮に四ノ宮さんを撮ることになったらユズハさんに怒られる」

『巧は私の専属カメラマンだからね？　私以外を撮りたい時はちゃんと申請するように！　忘れたら……わかるね？』

と笑顔で圧をかけられた時は正直怖くて頷《うなず》くしかなかった。美女の笑みに恐怖を覚えたのは結婚記念日をすっぽかした父さんにマジギレした母さん以来二人目だ。

「お前って奴《やつ》は……お前って奴は……！　この裏切り者がぁ！」

「裏切り者!?　どうしてそうなるんだよ!?」

友人の情緒不安定ぶりに困惑する。

「どうしてだとぉ!?　そんなこともわからないのかよ!?　まさかお前……超人気レイヤーに囲われているって自覚がないのか!?」

「俺としてはもう少し自由に色んな人を撮らせてもらえると嬉《うれ》しいっていうのが本音だけどな」

「この贅沢者《ぜいたくもの》がぁぁぁ!!」

お前との友情は今日限りだ！　と通算何度目かになる捨て台詞《ぜりふ》を残して新《あらた》は自分の席へと戻っていった。朝から元気だなと苦笑いを零《こぼ》しつつ、俺はスマホに目を移してＳＮＳのチェックを再開する。

「すごいなぁ……どうやったらこんな一枚が撮れるんだ？　うわっ、編集すごっ！　どうやっているんだ？」

タイムラインに流れてくる様々なハイレベルな写真に思わず感嘆の声が漏れると同時に自分の未熟さを痛感する。ただこれを知り合いの先輩カメラマンさん達に相談すると何故《なぜ》か呆《あき》れられるのだが。

「衣装もすごいなぁ……おっ、このメイド服可愛《かわい》いな。ユズハさんが着たら似合うだろうなぁ」

「――――何を見ているんですか、庵野《あんの》君？」

メイド服を身に纏《まと》ったユズハさんの姿を頭の中で考えていたらまたしても誰かが話しかけてきた。しかも今度は女の子の声。それもついさっきまで新と話していた噂《うわさ》の人物。

「し、四ノ宮《しのみや》さん……」

立っていたのは他でもない、四ノ宮《しのみや》リノアさんその人だった。前言撤回。恐怖を覚える笑顔は存外珍しいものではないようだ。

彼女はそのまま満開の桜のような可憐《かれん》な笑みを浮かべながら俺の隣にごく自然に腰掛ける。

これは余談になるが。この座席は間違えているわけではない。俺と四ノ宮さんは隣同士なのだ。

座席は二年生に進級して担任を含めたクラスメイト達との初顔合わせの日にくじ引きをして決まったのだが、その時向けられた――主に男子生徒から――嫉妬と怨念のこもった視線は忘れられない。

「メイドさんのお洋服ですか？　随分ミニスカートなんですね。あっ、胸元に猫ちゃんの顔があるの可愛《かわい》いです！」

「そ、そうだね……」

俺はスマホの画面をそっと閉じながら言葉を絞り出した。よりにもよって四ノ宮さんに見られたのは最悪だ。聖女でお姫様な彼女にミニスカでさらに胸の中心が猫の顔でくりぬかれて谷間がチラッと見えるデザインのメイド服は教育上よろしくない。

「たくみぃ――――!?　お前、なんてものを四ノ宮さんに!?!?」

「ダダダ、ダメですよ!!　姫がメイド服なんて着たら！　ましてやミニスカートなんて穿《は》いたら死人が出ます！」

「庵野《あんの》ぉ!!　リノア様を穢《けが》すんじゃねぇ!!」

席に戻ったはずの新《あらた》や先程まで四ノ宮さんの周りにいた取り巻き達が抗議の声を上げながら俺の席に押し寄せてくる。全面的に俺が悪いとはいえクラスメイトに殺意の波動を放つのはどうかと思う。

「皆さん、落ち着いてください。庵野君は何も悪くはありませんから――――」

「いいえ！　リノアさんに似合わない服はないと思いますが肌の露出が激しいメイド服はダメです！　もっと清楚《せいそ》なデザインの方がいいです！」

「ましてや学校でそんな不埒《ふらち》なものを見るなんて論外です！　庵野、お前は最低な奴《やつ》だよ！」

犯罪を犯したわけでもないのにこの言われように俺の心は大洪水。反論したいのは山々だが、隣に四ノ宮さんがいる状況で躊躇《ためら》われる。

その理由は新を含めて彼らが『四ノ宮リノアファンクラブ』の会員だからである。入会は自由。クラブ内においては先輩も後輩も関係ない。ただ一点、〝四ノ宮さんの笑顔を守る〟という強い意志を持っていることが求められる。

「巧《たくみ》よ……まさかと思うがお前は四ノ宮さんのことをエッチな目で見ているんじゃないだろうな？」

「そんなわけあるか」

静かな怒気をはらんだ声で尋ねてきた親友に俺は即答する。むしろお前達の方が四ノ宮さんのことをそういう目で見ているだろうがと言いかけるがすんでのところで堪《こら》える。

そう思う理由はファンクラブでは月に一回、四ノ宮《しのみや》さんの学校生活での姿を隠し撮りした写真がごく一部の選ばれた会員達に共有されているからだ。その存在を俺に教えてくれたのは他でもない新《あらた》である。

隠し撮りの時点でだいぶ、いやかなり危ない上にそれをひそかに共有するというのは倫理的にアウトだと思うが、そもそも論で言うならアイドルでもないただの一生徒にすぎないのにファンクラブが作られている時点でどうかしている。

「皆さん、庵野《あんの》君は悪くありません。私だって女の子なんですよ？　可愛《かわい》い服に可愛いと言うのは普通のことではないですか？」

一触即発な空気の中、四ノ宮さんがどこか拗《す》ねた様子で——自分の意志を無視しないでほしいと言わんばかりに——言った。

「わ、私もメイド服が好きです！　最近は可愛いのがたくさんあっていいですよね！」

「姫は普段どんな服を着ているんですか？」

「これは学園祭の出し物はメイド喫茶で決まりだな……！」

鶴の一声ならぬ姫の一声で状況は一変。俺に対する非難から四ノ宮さんの衣服事情にファンクラブ会員の興味が移った。助かった、俺は心の中で一息吐《つ》く。

「そろそろ朝礼が始まります。皆さん、席に戻った方がいいですよ？」

そして空気が変わる前に四ノ宮さんが追撃の一言を笑顔で言い放ち、集まっていたクラスメイト達は三々五々と自分の席へと散って行った。

「はぁ……ご迷惑をおかけして申し訳ありませんでした、庵野君。大丈夫ですか？」

「いや、こちらこそなんかごめん。それとありがとう、おかげで助かったよ」

ため息を吐いて申し訳なさそうにする四ノ宮さんに俺は苦笑いしながら言葉を返す。実際彼女が謝ることは何もない。頭を下げるなら新達だ。

「ところで話を戻しますが、庵野君はメイドさんが好きなのですか？」

「……はい？」

「それとも好きなのはメイド服ではなくミニスカートですか？　それともまさか胸の谷間に興味がおありで？」

「はいぃぃっ!?」

四ノ宮さんの口から谷間という単語が出て来て思わず変な声が出る。下ネタというほどのことではないにしてもつい先程までお淑《しと》やかにしていた人と同一人物とは思えない。こんなグイグイ話しかけてくるようなことは隣の席になってから初めてだ。

「なるほど。つまり庵野君はむっつりスケベということですね？」

「よし、わかった。今すぐその口を閉じようか!?」

「フフッ。いいですね。打てば響く太鼓といいますか、ここまで綺麗《きれい》に拾ってくれるのは

「お褒めにあずかり光栄です、お嬢様」

嬉《うれ》しそうに微笑《ほほえ》む四ノ宮《しのみや》さんに俺は肩を竦《すく》めながら適当に言葉を返す。まるで珍しいおもちゃを見つけた子供だ。クラスメイトに囲まれて話している時とは全くの別人と言っても過言ではない。

ちなみにお嬢様というのは比喩ではない。四ノ宮さんのご両親はお父さんが開業医でお母さんがアパレルブランドの社長なのだ。家も都心の一等地に建てられた大層立派なものだという。

「……私はお嬢様ではありませんよ」

俺の何気ない言葉に反応した四ノ宮さんは一転してどこか拗《す》ねたような、寂《さみ》しそうな声で呟《つぶや》いた。

「そ、そうなのか？」

何となく気まずい空気になったのでどう言葉を返そうか悩んでいると朝礼を告げるチャイムが鳴り、同時にガラガラッと勢いよく扉が開いた。

「はいは――――い！　みんな、おはようっ！　ホームルーム始めるよぉ!!」

生徒よりもハイテンションな調子で担任の――――二十代半ばの今年赴任してきた新任の女性教師――――桜沢《さくらざわ》みこ先生が教室に駆け込んできた。新人らしく人一倍エネルギーに満ち溢《あふ》れていて常に笑顔を絶やさないのはいいのだが、ことあるごとにポンコツなミスをするので先輩教師によく怒られている。

容姿は大学生どころか高校生と言っても通用するのではないかと思うくらい幼いのに出るところは出ているアンバランスさが背徳感を醸し出していて四ノ宮さんとは別の方面で人気があるとかないとか。ちなみに情報源は俺の愛すべき馬鹿《親友》である。

「でもその前に一言言いたい生徒がいます！」

ふんすと鼻息を荒くするみこ先生。朝から小言を言われるような間抜けな生徒はいったい誰だ。

「今日の日直の庵野君！　どうして日誌を取りに来なかったのかな？」

「……あっ」

名前を呼ばれて教室中の視線が集中する。ユズハさんの写真を確認するのに夢中になってすっかり忘れていた。

「あっ、じゃないよぉ！　まったく……朝からポンをするなんてらしくないぞ！　罰として今日の日誌はきっちりぴっちり書くように！　手抜き禁止だからね！」

「そんな理不尽な……」

「ダメですぅ！　これは決定事項ですからね！　先生が納得するまで何度も書き直してもらいますからねぇ！」

「それはいくらなんでも職権乱用じゃないですかね!?」

日誌を受け取りに行かなかっただけでこの仕打ちはあまりにも酷《ひど》いと思う。隣の四ノ宮《しのみや》さんがクスクス笑っているのも腹立たしいが。

「なんだお？　先生とやるっていうのかぁ？　それなら庵野《あんの》君だけ宿題倍にしちゃってもいいんだお？」

「……っく。わかりました」

ニヤリと笑いながらさらなる圧をかけてくるみこ先生に屈する以外の選択肢はなく、俺は渋々要求を受け入れた。これで放課後は居残り決定だ。

「ご愁傷様です。朝から教室で過激な写真を見ていた罰というやつです。頑張ってくださいね、庵野君」

「……さては俺が日直だってことを忘れているのを知っていたな？」

「さぁ、何のことでしょう？」

俺はジト目で疑惑を追及するが、天使のような微笑を浮かべて華麗に回避されてしまった。まさかと思うが四ノ宮リノアはからかうのが大好きな悪戯《いたずら》っ子なのだろうか。みんな見た目に騙《だま》されているだけで、その本性は聖女とは正反対なのか？

「ちなみに明日の日直は私なので、庵野君がどんなことを書くのか楽しみにしていますね」

「確信犯かよ!?　どうして教えてくれなかったんだよ!?」

「だってその方が面白いかなって……ダメでしたか？」

「ぐぬぬ……」

　瞳を潤ませながら言われてしまっては悔しいけれど何も言い返せない。もしも嘘《うそ》でも涙を流されようものならファンクラブの会員達から袋叩《ふくろだた》きにあって明日の朝日は拝めなくなってしまう。

「本当に庵野君と話すのは楽しいです。これからもおもちゃ……ではなく隣の席の友人として、仲良くしてくださいね」

「……お手柔らかにお願いします」

　ぶっきらぼうに言いながら俺はそっぽを向いて強制的に会話を終わらせる。人をからかって楽しむ四ノ宮リノアの姿をファン達が知ったらさぞ驚くことだろうな。いや、むしろ人間味があってさらに人気が出そうだな。実に業腹な話だ。

　そんなくだらないことを考えながら、みこ先生の愉快で軽快な中身があるようでない話をぼんやりと聞き流す。

「庵野君、日誌に書くことはもうすでに始まっているからね？」

「なんですって？」

　終わり際に満面の笑みで爆弾を投下されて内心で悲鳴を上げる羽目になった。これ、本当に帰れるのか。授業開始のチャイムが鳴り響くのを聞きながら、俺は一抹の不安を抱くのだった。

＊＊＊＊

「う――――ん。まだちょっと不満なところはあるけど今日のところはこれで許してあげよう！」

悲しいことに俺の予感は的中し、みこ先生がＯＫをしてくれたのはすっかり日が傾いて夕日が綺麗《きれい》な時間になってからだった。リライトにリライトを重ねた結果、自分でも何を書いたのかわからなくなっていたのでお許しが出たのは非常にありがたい。

「庵野《あんの》君、最近ちゃんと眠れてる？　だいぶやつれているように見えるけど大丈夫？」

「……まぁ今に始まったことじゃないんで大丈夫です」

正直十分な睡眠時間を確保できているかと言えば答えは否。撮影したユズハさんの写真の編集作業をしたりしないといけないし何より広い部屋に一人だとどうにも落ち着かない。とはいえこの生活はすでに一年近く続いているのでもう慣れたのだが。

「ならいいんだけど。あっ、話を変えると。庵野君はさ、二年生になって授業はどうかな？　問題なくついていけてるかな？」

「え、えぇ……まぁボチボチといったところですかね？　まだ二年生になったばかりなので何とも言えないのが正直なところです」

さすがに進級してひと月も経《た》っていないので自分が置いて行かれているかどうかはわからない。ただ幸いなことに授業中に頭の上にはてなマークが浮かぶことはまだない。

「一年生の頃はよくスヤスヤピーってしていたって聞いたけど、今のところはそんなこともないみたいだしね。担任としては一安心だよ！」

そう言ってからニャハハとみこ先生は笑った。職員室にはまだ他にも先生が残っているので声のトーンを下げてほしい。

これは名誉のために言っておくが、俺は決して不真面目なわけではない。授業中に夢の中に旅立ってしまうのは決まって前日にユズハさんの撮影会があって夜通しで編集作業をした時だ。

つまり何が言いたいかっていうと。仕事による不可抗力だから許してほしい。未成年の学生でも納期は守らないといけないのだ。

「これはあれだね。庵野君が真面目君になったのはやっぱり隣の席の女の子の影響があったってことかな？」

「……ナンノコトデショウカ？」

「惚《とぼ》けなくていいんだよぉ？　泣く子も黙る美女のリノアちゃんが隣にいたら寝たくても眠れないよねぇ？　庵野《あんの》君も男の子ってことだね！」

うんうん、と腕を組んで満足げな様子で何度も頷《うなず》くみこ先生。どうして俺が居眠りしない理由に四ノ宮《しのみや》さんの名前が出てくるのだろうか。そういう意味を込めて俺はジト目で睨《にら》みつける。

「ん？　だって超が付くくらい可愛《かわい》い子が隣に座っていたら色々漲《みなぎ》ってきちゃうんじゃない？　居眠りしている場合じゃねぇ！　みたいな？」

笹《ささ》食ってる場合じゃねぇ、みたいなノリで言うのはやめてほしいと心の中でツッコミを入れつつ俺は重たいため息を吐《つ》く。

「別にそんなんじゃないですよ。二年生になって心を入れ替えただけです。四ノ宮さんが隣じゃなくても居眠りはしていませんよ」

実は去年の冬休み頃に撮影してから写真の加工と編集、納品までの期間があまりにも早いことに疑問を抱いたユズハさんに尋ねられたのだ。渋々理由を話したら、

『学生の本分は勉強だからね？　納品が早いのは助かっているけどそのせいで巧《たくみ》の学業が疎《おろそ》かになっているなら本末転倒だからね？　金輪際やめるように。わかったね？』

とわりと本気で怒られると同時に無理をして倒れたら困ると心配された。もし仮にそうなったら申し訳なくなって撮影を頼めなくなってしまうとも言われてしまったので、それ以降はペース配分を意識するようにしているのだ。

「本当かどうかもう少し問い詰めたいところだけど、まぁ今日のところはそういうことにしておいてあげよう。先生の寛大さに感謝したまえ！」

「興味本位で生徒のプライバシーを根掘り葉掘り漁《あさ》るのはやめた方がいいと思いますよ？」

「仕方ないじゃぁん！　とうの昔に過ぎ去った青春を生徒から浴びるのが数少ない私の楽しみなんだよぉ！　恋とか思春期ならではの色んな悩みを抱える若者の話をもっと聞かせてくれてもいいじゃんかぁ！」

「いや、俺は別に恋をしているわけでも何かに悩んでいるわけでもありませんから。というか先生の暇つぶしに利用しないでください」

そんな殺生なこと言わないでよぉ、と俺の肩を掴《つか》んでガクガクと揺らしてくるみこ先生。これではどちらが教師かわからない。

ただ悲しいことに、みこ先生のこういう子供っぽいところが親しみやすいということで男女問わず多くの生徒から好かれている。ちょっとばかり鬱陶しくて騒がしいのが玉に瑕《きず》だが。

「話は終わりですよね？　それなら俺は帰らせていただきますね」

「えぇ!?　もう少し先生とお話ししようよぉ！　暇つぶしに付き合ってくれてもいいじゃんか！」

「……ちゃんと仕事はしてください、先生」

スーパーでお菓子を買ってほしいと親におねだりする子供のように嫌だ嫌だと暴れ出すみこ先生。駄々《だだ》っ子《こ》、ここに極まれりである。ただそろそろいい加減にしないと雷が落ちてくるんじゃなかろうか。

「庵野《あんの》君の意地悪！　そんなんじゃテストで百点取っても一学期の成績で1をつけちゃうんだからね！」

「おいこら赤ん坊教師！　職権乱用にもほどがあるだろうがよ!?」

「誰が赤ん坊じゃぁ!?　今すぐそこに正座せい！　お説教じゃぁ!!」

「お説教されるのは桜沢《さくらざわ》先生、あなたですよ？」

ほら見たことか。堪忍袋の緒が切れた学年主任の先生が怒りの上から笑みを無理やり張り付けたような顔でポンとみこ先生の肩を叩《たた》いた。

「あっ……えっと、これはですねぇ……」

「言い訳は無用です。口を動かす前に手を動かしてください」

みこ先生への正しい対処の仕方――すなわち何か言う前に上から言葉を被《かぶ》せて有無を言わせない――の手本を見せてもらっている気分だ。

「庵野君。もう大丈夫ですから帰宅してもらって構いませんよ。気を付けて帰ってください」

「はい。ありがとうございます。それじゃ桜沢先生、また明日」

「そんなぁぁぁぁぁっ!!　担任を裏切るなんて薄情だぞぉ!!」

助けを求めるように必死に手を伸ばしてくるみこ先生を無視して、俺は学年主任に頭を下げて職員室を後にする。

「ハァ……とんでもない目にあったな」

部屋の中から泣き叫ぶ声が聞こえてくるが、それを努めて無視をして俺は肩を竦《すく》めながら廊下を歩く。このまままっすぐ教室に戻って帰宅してもいいのだが、気分転換にダラダラ散歩することにしよう。

時刻はすでに18時に差し掛かっているが、校庭から聞こえてくる部活動の声は途切れることなくまだ活気がある。それに対して校内は日中とは打って変わって静寂の帳《とばり》が下りている。内と外でこうも世界が違うというのは趣深い。

なんて我ながら似合わないことを考えながら教室とは反対方向に歩いていく。

銀花《ぎんか》高校は――――何回か校名は変わっているが――――創立から百年以上の歴史ある学校である。

とはいえ幾度となく増改築をしており、加えて数年前に新校舎が完成したばかりなのでピンとこない。だがまだ一部古いところは残っており、そこだけ年号が二つくらい違うのではないかと錯覚する。

「……さすがに暗くなると雰囲気あるな」

旧校舎は校庭とは真逆の位置にあるので声は一切聞こえない。電灯もLEDではなく蛍光灯を使っているせいかヂリヂリと耳障りな音が響いている。完全に日が沈めば即席のお化け屋敷として使えそうなレベルですらある。

入学して一年以上が経《た》ち、何度も通ったことがある廊下なのにまるで初めて来たような感覚になりつつも俺はふらふらと歩く。

怖さはなく、逆に好奇心の方が強い。何なら頭の中でこの場所を撮影場所とした時のシミュレーションをするくらいにはテンションが上がっている。

「廃校での撮影は一度やってみたいよなぁ。遠出になるから大変だろうけど」

荷物が多くなるから移動には車が必須になる。ただ悲しいかな、知り合いに車を安全に運転できる人はいない。正確にはユズハさんが免許と車を所持しているのだが、あの人の助手席には座りたくない。その理由は推して知るべし。

「合法的に制服姿のユズハさんを教室で撮影できたらいいよなぁ……まぁユズハさんはめんどくさがりそうだけど」

人見知りとまではいかないけど出不精なところがあるからな、ユズハさんは。

手段は別にして、どう説得すれば日本トップクラスのレイヤーを廃校に連れていけるか考えながら歩いていると――

「――んんっ」

何気なく素通りした教室からほんのわずかだが声が聞こえてきた。

「……気のせい、だよな？」

旧校舎の教室は主に移動が発生する授業でのみ使用される。それ故に放課後は掃除以外で生徒が立ち入ることはないはずだが、確かに人の気配がある。

「まさか幽霊なんてことはない、よな？」

声が震えていることを自覚しながら俺は立ち止まり、恐る恐る扉の前まで引き返す。真夜中ならいざ知らず、夕方に現れる幽霊とはこれ如何《いか》に。

「んぅ……中々、上手《うま》く……撮れませんね……」

聞き耳をたてるまでもなく、わずかに開いたドアの隙間から微《かす》かに聞こえてきた女子生徒の呟《つぶや》き。その声音は学校という学《まな》び舎《や》にはふさわしくない嬌声《きょうせい》にも似た艶を帯びていた。

それを耳にしてしまった俺はいけないことだとわかっていながら、しかし誘蛾灯《ゆうがとう》に引き寄せられる蛾のように息を殺して扉に顔を近づけた。

そして目に飛び込んできたのは、わずかに肌を晒《さら》した己の姿を必死に自撮りしようとしているクラスメイトの姿だった。

「ハァ……どうしたら上手《うま》く撮れるんでしょうか……？」

アンニュイなため息を吐《つ》きながらスマホと睨《にら》めっこをしている女の子は、この学校に通っている人間で知らない者はいないであろう有名人。それこそつい最近入学してきたばかりの新入生からも顔と名前を覚えられている数少ない人物であり、今朝も色々話したクラスメイト。

「なんで、四ノ宮《しのみや》さんがあんなことを……？」

いつも自分の隣の席に座っている女子生徒の名前を呟《つぶや》きながら、沸々と湧き上がってくる疑問を生唾と共に飲み込む。

男女問わず羨望の眼差《まなざ》しを向ける、芸能人も裸足《はだし》で逃げ出すレベルの高校生離れしたプロポーション。いつも周囲に人だかりができる人望。誰にでも分け隔てなく接し、常に華やかな笑顔を振りまく。もしも現実に聖女という存在がいれば恐らく彼女のことだと誰もが口を揃《そろ》えて言うだろう。控えめに言って好きにならない人はいないのではないだろうか。

そんな彼女がどうして誰もいない教室で肌を晒《さら》しているのだろうか。今俺の頭上にはキョトンとした顔をした猫が浮かんでいる。

「意味がわからない……わからないんだけど……」

余計なことは考えるな。何も見なかったことにして可及的速やかにこの場を立ち去るんだと己に言い聞かせる。

「もっとボタンを外してスカートもギリギリまでたくし上げればいいのでしょうか……？」

だが悲しいかな。俺の足は地面に縫い付けられているかのように動かない。理性とは裏腹に本能が残れと叫んでいる。

教室でいつも勉強している机に腰掛けて、肌や下着がチラ見えする際どいポージングをしているクラスメイトに言葉に出来ない困惑と興奮を覚える。

「スマホの角度は……うぅ……やっぱり自撮りは難しいですね……」

あぁでもない、こうでもない、とスマホの角度を調整しながら悪戦苦闘している様は面白くもあり可愛《かわい》らしくもある。自撮り棒を用意したら解決するのではとアドバイスしたいところだが、それをしたら俺が覗《のぞ》き見をしていたことがバレて大変なことになってしまうだろう。

「うん、全然ダメですね」

今日見たことは記憶から消そう。そう思ってその場を立ち去ろうとした時。窓から差し込む夕日と四ノ宮さんの物寂《ものさみ》しげに諦めた顔で肩を竦《すく》める様子が重なる。その姿を見た瞬間、俺の頭の中を電流が走った。

「………」

ダメなことはわかっている。これからやろうとしていることは一歩間違えれば犯罪で、非常識極まりないことくらい頭では理解している。だけど俺の本能がこの瞬間を記録に収めずにはいられなかった。

いつも使っている撮影機材が手元にないことを心の底から悔やみつつ、胸ポケットからスマホを取り出してカメラを起動する。ドクン、ドクンと今にも口から飛び出そうなくらい心臓が昂《たかぶ》り、呼吸も荒くなる。そこに加えて手が震えて画面が大変なことになっている。こんなことは初めて超が付く美女レイヤーと個撮をした時以来だ。

「……ふぅ」

気付かれないように深呼吸をして精神を落ち着かせてから静かにスマホを扉の隙間に近づける。

そうこうしていたら画面越しに映る四ノ宮《しのみや》さんはブラウスの第二ボタンを外して胸元を露出させていた。穢《けが》れのない純白の柔肌《やわはだ》に、思わず目を奪われる。美しい鎖骨とデコルテライン。触らなくても柔らかいとわかる双丘とそれを包み込むシンプルだが上品な下着。目に入るこれらの情報の全てが脳に甘く囁《ささや》く。まもなく訪れるであろう奇跡の一瞬を逃すなと。俺は全神経を集中させてその時を待つ。

「ハァ……やっぱり専門家じゃないとダメですね」

自嘲気味に呟《つぶや》きながら肩を竦《すく》める四ノ宮さん。はだけた制服と下着。アンニュイなため息と表情。誰もいない放課後の空き教室というシチュエーション。それらの要素が完璧に混ざり合い、誰も見たことがない四ノ宮リノアの姿に俺は夢中でシャッターを切る。

「……誰？」

「あっ……」

驚いたような声。カメラを通してではなく直接目と目が合う。いくら息を殺したところでカシャッと音が鳴れば誰だって気が付く。それも一回ではなく立て続けに響いたとなればなおさらだ。

だがそんなこと今はどうでもいい。とにかくこの場を離れなければ。逃げずに土下座で謝罪をすることも一瞬考えたがそんなことをするくらいなら最初から隠し撮りなんて真似《まね》はしない。むしろ頭を下げて〝あなたのことを撮らせてください〟とお願いする。

なんてことを一抹の後悔を胸に抱きつつ考えながら、俺はサバンナを駆け回るチーターが如《ごと》く校門に向かってひた走る。

鞄《かばん》を取りに教室に戻りたいところだけど、それで鉢合わせになったら元も子もない。今日のところは諦めよう。

この後、俺は勢いを落とすことなく学校を後にして電車に飛び乗り帰宅。夕飯も食べずに途中で止めていた写真の加工と編集作業を始める。

それもひとえに目に焼き付いた四ノ宮リノアの姿を頭の中から消し去るため。

そして――

「……やっちまった」

沈んだはずの太陽がいつの間にか昇り、その光を浴びたことでようやく我に返った俺は重たいため息を吐《つ》く。まさか没頭するあまり手元にあった全ての写真の作業を終えてしまうとは。

「少し寝るか……いや、その前に風呂だな」

凝り固まった肩をグルグルと回してほぐしながら椅子から立ち上がる。首を回せばボキボキと小気味のいい音が鳴る。

本音を言えば適当な理由をつけて学校を休みたいところではあるが、教室に鞄《かばん》を残したままではそうもいかない。

それに一瞬とはいえ四ノ宮《しのみや》さんと目が合ったかもしれないのだ。隣の席のクラスメイトが鞄を学校に忘れて帰宅して、翌日欠席となれば超が付く鈍感でもないかぎり犯人特定に至るだろう。

「そうなると取れる選択肢は……何食わぬ顔で登校する。これしかないな」

重たいため息が漏れる。考えればもしかしたらもっといい手段があるかもしれないが悲しいかな、一晩ぶっ通しでPCと睨《にら》めっこをして疲労困憊《ひろうこんぱい》になった頭では妙案など思い浮かぶはずがない。むしろ少しでも気を抜いたらフッと糸が切れた人形のように意識が飛びかねないのが現状だ。

「風呂に入ってエナドリ決めれば一日くらい何とかなるだろう……多分」

熱いお湯を頭から被《かぶ》れば多少なりともリフレッシュにはなるだろう。みこ先生に『居眠りしなくなって偉いね！』と褒められたばかりなのに終日居眠りなんてしたらどやされるだけじゃ済まない。

もう一度大きなため息を吐き、俺はチカチカする目元を擦《こす》りながら浴室へと向かうのだった。

＊＊＊＊

鞄を回収するために小学生、中学生時代から数えても過去一早く学校に行くとやはりというか誰もいなかった。

一度帰るわけにもいかないので渋々着席して始業まで時間を潰《つぶ》すことにする。窓から教室に差し込む朝日が何とも言えない風情があって感慨に耽《ふけ》ってしまった。

「よし……あとは全力で知らないフリをするだけだな……」

独《ひと》り言《ご》ちながら俺は鞄を枕代わりにして机に突っ伏した。

布団に包《くる》まれているような心地の良い日差しと何事もなく目的の物を回収することがで

きた安心感から急激に眠気が襲ってきた。

こういう時に屋上に行けば優雅に横になって日向《ひなた》ぼっこもできたのだろうが、実際にそんなことをすれば一日をそこで寝て過ごす羽目になりかねない。そうなったら終日みこ先生のお説教コースだ。

「まぁ新《あらた》が来たら起こしてくれるだろう。それまでは――」

寝ていよう。そう言って身体《からだ》のスイッチをオフにしようとした瞬間、ガラリと教室の扉が開いた。理由もなく朝早くに来るなんて奇特なクラスメイトもいるんだなとぼんやり考えながら瞼《まぶた》を閉じようとしたら、

「珍しい。今日は随分とお早い登校なんですね、庵野《あんの》君」

「――ッ!?　四ノ宮《しのみや》さん!?」

頭の上から降って来た声に思わず顔を上げる。眠気も一瞬でどこかに吹き飛び、その代わりにブワッと冷や汗が噴き出る。

「おはようございます、庵野君。今日も実にいい天気ですね」

「お、おはよう、四ノ宮さん」

いつもと変わらない可憐《かれん》な笑みを浮かべながら話す四ノ宮さん。昨日と何も変わっていないはずなのにかえってそれに得体の知れない恐怖を覚えて、俺の心は一気に不気味な真っ黒な雲に覆われた。

「どうされましたか、庵野君？　顔色が悪いですよ？」

「そんなことない。俺は至って健康だ」

嘘《うそ》である。不安と緊張で呼吸は乱れているし脈が速くなっている。一方で体温は急激に下がっており寒気すら覚える。

「もしかして寝不足ですか？　週末はまだ先なのに夜遅くまで何かして起きていたとかですか？」

「あぁ……まぁそんなところだな」

嘘は言っていない。ただ徹夜をするきっかけを作ったのは他でもない、目の前にいる四ノ宮さんなのだが。

「無理はいけませんよ？　若いうちから無理をしていると歳《とし》を取った時に身体に来ますからね」

「肝に銘じるよ。似たようなことを知り合いに言われたばっかりだしな」

あれ、普通に会話ができているぞ。これはもしかして許されたのではないか。実は目が合ったのは俺の勘違いで気付かれていなかったのでは？　なんてぶ厚い雲の隙間から一筋の希望の光が降り注いだ瞬間、

「いくらびっくりしたとはいえ、学校に鞄《かばん》を忘れたりしたらいけませんよ？　大事なものが入っていたら盗まれてしまうかもしれませんからね」

「貴重品は鞄《かばん》の中には入っていないから大丈――ちょっと待て。今なんて言った？」

「やっぱり調子が悪いみたいですね。まぁ無理もありません。隠し撮りをしていたら相手に気付かれて、目まで合ってしまったら誰だって動揺しますよね」

そう言ってニコリと笑う四ノ宮《しのみや》さん。傍《はた》から見れば天使が浮かべる微笑《ほほえ》みだが、俺には死刑宣告をする直前の悪魔のそれに見えた。さながら今の俺は蛇に睨《にら》まれた蛙《かえる》というやつだ。

「あらあら。本当にどうしたんですか、庵野《あんの》君？　額から汗が噴き出ていますよ？」

「……ハハハ。気のせいじゃないか？　お、俺は至って普通ですよ？」

じわじわと真綿で首を絞めるかのように圧をかけてくる四ノ宮さんに、俺は最後の抵抗をするべく言葉を絞り出す。だが獲物の首元にガッチリと噛《か》みついた肉食獣にとっては悪あがきにすらならなかったようで。

「目的はなんだ？」

「目的？　ウフフッ……何のことでしょう？　庵野君が何を言っているのかさっぱりわかりません。説明していただけませんか？」

緩やかに死に近づいている様子を観察して何が楽しいのか。ただどんなに甚振《いたぶ》られても俺には１２０％勝ち目がないので白旗をあげるしかない。

「……俺が悪かった。昨日見たことは誰にも言わないし写真も消す。何なら墓場まで持っていく。だから――――！」

　立ち上がり、ガバッと頭を下げる。どうして放課後の空き教室で制服を半脱ぎしながら自撮りをしていたのか、その真相が知りたくないと言えば嘘《うそ》になる。だがこれ以上踏み込んでもその先に待つのは地獄であると本能が警鐘を鳴らしているのも事実だ。

「――何を勘違いしているんですか、庵野君？　写真を消してくれなんて私は言うつもりはありませんよ」

「……え？」

　予想だにしていなかった四ノ宮さんの発言に俺は思わず頭を上げる。写真を消さなくていいなんて何を考えているんだ。困惑する俺に四ノ宮さんはすぅと顔を近づけてきて耳元で甘い声で囁《ささや》く。

「それでは改めて。昨日はありがとうございました、盗撮魔さん。いい写真は撮れましたか？」

　背筋にビリビリッと電流が走る。同級生とは思えないくらい大人びた蠱惑的《こわくてき》な声にドクンと心臓が大きく跳ねる。

「……お、おかげさまで。今まで撮ってきた写真の中でも一、二を争うくらい良い画《え》が撮れたよ」

　この美女が何を考えているかわからないので俺は開き直ることにした。もちろん我ながら最低だという自覚はある。

「それは何よりです。あっ、参考までに見せていただくことはできますか？」

「何の参考にするんだよ……って聞いても教えてくれないよな？」

俺の質問を四ノ宮《しのみや》さんは笑みを浮かべてスルーする。俺はため息を吐《つ》きながら胸ポケットに手を伸ばした。

「わかった。どうしてもって言うならどうぞご覧ください」

「ありがとうございます。庵野《あんの》君が素直な方でよかったです」

さぁ、早くと手を差し出して催促してくる四ノ宮さん。俺は渋々スマホを操作して昨日撮影した写真を画面に映し出して手渡した。

「なるほど。庵野君から私はこう見えていたんですね……やっぱり自分で撮るのと人に撮られるのとでは違いますね」

「あの構図で自撮りをするならせめて三脚を使わないと上手《うま》くは撮れないと思うぞ」

最近のスマホのカメラの画質は安いカメラより遥《はる》かにいい。何ならスマホで撮影した映像が大作映画の一部に使われたりもする時代だ。

とはいえそれは外側のレンズの話。自撮りをする内側のレンズは画質が落ちる。加えて慣れないと画角の中に身体《からだ》全体を収めるのも難しい。

「へぇ……知りませんでした。そういう便利なグッズもあるんですね」

まさかそんなことも知らずに自撮りをしていたのかと内心で呆《あき》れそうになるが、四ノ宮さんは俗世に疎そうなところがあるから仕方ないかと納得する。

「あと夕方の薄暗い教室での撮影だったせいでいまいち陰影がはっきりしていないんだよな」

「これでも十分綺麗《きれい》に撮れていると思うんですけど……写真って奥が深いんですね！」

スタジオでも教室でも、撮影にはライティングが不可欠だ。光を制するものは写真を制するなんて言われるくらいだからな。

「せっかくいいシチュエーションだったのに……これじゃ台無しだよ」

自分がプロのカメラマンであると自負する気はさらさらないが、それでも数え切れないくらいシャッターを切ってきたというプライドはある。だから最高の被写体が目の前で披露していた〝永遠に残したい美しさ〟を撮影できなかったことがただただ悔やまれる。

「それでは……ちゃんとした設備があればもっといい写真が撮れる……そういうことでしょうか？」

「ん？　まぁ少なくともその写真よりいい一枚を撮れる自信はあるかな？」

ユズハさんといつも行くスタジオとかでなくとも、それこそ自宅でも十分撮影は可能である。俺の家なら設備もあるのでなおさらだ。まぁ天地がひっくり返ったとしても提案する気はないが。

「……なるほど。それはいいことを聞きました」

「なぁ、四ノ宮《しのみや》さん。あんた一体何がしたいんだ？」

「そうですね。今ここでお話ししてもいいのですが……そろそろ皆さん登校される時間になるので続きは放課後にしましょう」

「……俺に拒否権はないんだな？」

「ええ、残念ですが庵野《あんの》君に拒否権はありません。放課後、昨日の場所で待ち合わせしましょう。逃げたらどうなるか……わかりますよね？」

四ノ宮さんはペロリと舌なめずりをしながら妖しく微笑《ほほえ》む。心臓をギュッと鷲掴《わしづか》みにされたような錯覚に陥り、まともに呼吸ができなくなる。

「聡明《そうめい》な庵野君のことです。私が何かお願いをしても証拠がなければ何とでも言い訳ができる。そう考えているのではありませんか？」

「ハハハ……そんなことかんがえているわけないだろう？」

図星を指されて思わず片言な返事になる。というか日中と比べると今の四ノ宮さんは別人のようだ。聖女の顔はなりを潜め、今や完全な小悪魔である。このギャップは反則だ。

「深淵《しんえん》をのぞくとき、深淵もまたこちらをのぞいているのだ。有名な哲学者の言葉なんですが、この場面で使う時はどんな意味があると思いますか？」

「ま、まさか……!?」

言われた瞬間、俺の頭の中に昨日の映像が鮮明に蘇《よみがえ》る。

四ノ宮さんと目が合ったと思って逃げ出したあの時。背後から微《かす》かに聞こえた音があった。非現実的な光景を目の当たりにし、それを記録に収めることに成功した興奮と罪悪感で気にも留めなかったが、あれはシャッター音ではなかったか。

「思った通り察しがいいですね。咄嗟《とっさ》のことでしたが、キョトンとしている庵野君の可愛《かわい》い顔や慌てて走って逃げる背中が私のスマホに収まっています」

その意味がわかりますね、と言われて俺は黙って首を縦に振って恭順の意思を示す。どうやら俺の高校生活、いや下手すれば人生はここで終了のようだ。

「フフッ。素直で従順でよろしい。それでは続きは放課後に。二人きりでまたお話ししましょうね」

そう言い残して四ノ宮さんは教室から出て行った。それからほどなくして生徒達が登校してきて学校全体に活気が出始める。

「自業自得、身から出た錆《さび》……とはいえ最悪だ」

教室の雰囲気とは対照的に俺は再び鞄《かばん》に頭を俯《うつむ》けて独《ひと》り言《ご》つ。こんなことになるなら校舎を散歩しないで即帰宅すればよかったと心の底から後悔するのだった。

＊＊＊＊＊

迎えた放課後。一つ一つの授業が気の遠くなるような長さに感じ、新《あらた》からは『顔色悪いけど大丈夫か？　早退した方がいいんじゃないか？』と心配されたりしたがなんとか乗り越えた。

徹夜による眠気と疲労も、隣に座っている脅迫主が時折笑みを向けて見つめてくるという緊張感のせいでどこかに吹き飛んだ。おかげで目は冴《さ》えているのに頭が重くて辛《つら》い一日だった。ただ本当の悪夢はこれからだ。

「……天国と地獄とはまさにこのことだな」

学校どころか日本中を見渡しても頂点に立てるほどの美貌とスタイルを誇る四ノ宮《しのみや》さんの淫らな姿を覗《のぞ》き見てしまった空き教室。その扉の前に立った俺は周囲に誰もいないことを念入りに確認する。

鬼が出るか蛇が出るか。大きく深呼吸をして覚悟を決めて扉に手をかける。まぁどんなに理不尽なことを言われても甘んじて受け入れるしかないのだが。

「ちゃんと来てくれて安心しましたよ、庵野《あんの》君。あっ、盗撮魔さんと言った方がよかったですか？」

音を立てないように静かに扉を開けて教室の中に入ると、机の上に座って優雅に足を組んでいる四ノ宮さんがすでに待ち構えていた。

昨日と違ってちゃんと制服を着ていることに安堵《あんど》しつつ、しかしながらスカートを短くしているせいで下着が見えそうになっているので慌てて視線を上に固定する。

そんな俺の様子を見て四ノ宮さんはクスクスと笑う。それは普段教室でクラスメイト達に囲まれている時にするのと同じ聖女然としたもので安心するのだが、同時にこちらの考えていることが全て見透かされているようで不安になる。

「わざわざ言い換える必要はなかったと思うんだけどな。それともまさか俺のことを一生そう呼ぶつもりじゃないだろうな？」

「あら、庵野君は私のことをそんな酷《ひど》い女だと思っているんですか？　悲しくて涙が出てスマホを誤操作してあの写真をばら撒《ま》いてしまいそうです」

顔を両手で覆いながらシクシクと泣き真似《まね》をする四ノ宮さん。それをするなら口元までしっかりと隠せと言いたい。笑っているのが丸見えだ。

「はいはい。もう好きに呼んでくれて構わないから……さっさと今朝の続きを聞かせてくれないか？」

何を言っても聖女の皮を被《かぶ》った小悪魔には無視されるだけ。俺はツッコミも抵抗することも放棄して早く本題に入るよう促す。

「せっかちさんは嫌われますよ？　時間はたっぷりあるんです。もう少し会話を楽しみませんか？」

「兵は拙速を尊ぶとも言うだろう？　呑気《のんき》にお喋《しゃべ》りをしていて誰か来たらどうするんだ？」

「どうとは？　私と庵野《あんの》君は放課後に旧校舎の空き教室で密会しているだけですよ？　それのどこに問題が？」

絶対にわかって言っているだろうと俺はジト目を向ける。俺のような男が四ノ宮《しのみや》さんと二人きりで会っていることがファンクラブの連中に知られたら明日の朝日は拝めないだろう。

「問題しかないからな？　それとも四ノ宮さんは俺のことを社会的に抹殺したいのか？　高校に通えなくしたいのか？」

美女の秘密を覗《のぞ》き見して盗撮した男に対する処罰にしては妥当か。

「ですから私にそんなつもりはありませんって。そもそも庵野君は一つ大きな勘違いをしています」

「勘違い？」

「はい。それはもう盛大な勘違いです。私は隠し撮りされたことを恥ずかしいとも嫌だとも思っていません。むしろ感謝しているくらいです」

「……えっ？」

何を言い出すんだ、と言おうとしたら四ノ宮さんは足を組み替えながら話を続けた。なんてことのない動作なのに艶《なま》めかしく、さらにふわりとスカートが浮いてその奥の秘宝がチラリと見えそうになって思わず視線を逸《そ》らす。

「昨日庵野君が撮影した写真を見て私は感動したんです。そこに写っている私は初めて見る私で……まさにこういう写真が撮りたかったんです！」

拳を握って力説する四ノ宮さん。その瞳はキラキラと輝いていてさながら新しいおもちゃを買ってもらった子供のようだ。納得いっていないとはいえ自分の撮った写真でこんな風に喜んでもらえるのは嬉《うれ》しい。

「失礼。取り乱しました。どこまで話をしましたっけ？」

「……写真を見て感動した、ってところまでかな？」

「そうでした。今の話を踏まえて、庵野君に折り入ってお願いしたいことがあるんですがよろしいですか？」

「ちなみに……断るって言ったらどうなるんだ？」

答えはわかっているし、そもそも言われた通りに教室に来た時点で俺も覚悟は決まっているが念のため尋ねてみる。そんな俺に対して四ノ宮さんはピョンと机から飛び降りる。

「さて、どうしましょうか？　庵野君はどうされたいですか？」

「どうされたいって言われても……生殺与奪の権利を握っているのは四ノ宮さんだろう？」

「いいんですか？　私の専属執事やペットになれって言うかもしれませんよ？　そう言われたら庵野《あんの》君は甘んじて受け入れるんですか？」

ゆっくりと近づいてきた四ノ宮《しのみや》さんは前屈《まえかが》みになり、上目遣いで俺の顔を覗《のぞ》き込んでくる。至近距離で見つめられて不覚にも心臓が高鳴り、頬《ほお》が熱を帯びる。

そんな俺の動揺を見抜いたのか、四ノ宮さんは艶美な笑みを浮かべて耳元に唇を近づけて甘い声で囁《ささや》く。

「社会的に抹殺されるより……私に一生飼われる方がいいと思いませんか？」

これで何度目になるだろうか、彼女の声に背筋を震わせるのは。ゴクリと生唾を飲み込む音が静寂な教室に響く。

「……キミは本当に俺の隣の席に座っている四ノ宮リノアさんなのか？　実は双子の妹か姉じゃないよな？」

少なくとも俺の知っている四ノ宮リノアと今目の前にいる四ノ宮リノアはイコールで結びつかない。それを言ったら自撮りをしていた彼女も本物かどうか怪しくなるのだが。

教室で友人達に囲まれている時の四ノ宮リノアは可愛《かわい》くて嫋《たお》やかで、純真無垢《じゅんしんむく》な生粋の箱入り娘といった感じなのに、目の前にいる彼女はそれとは真逆。

男女関係なく骨の髄まで魅了し惑わし、心身ともに彼女無しでは生きられなくなりそうな甘くて危険な色香を漂わせている魔性の存在。大袈裟《おおげさ》かもしれないが、今の俺の目には四ノ宮リノアはそう見えた。

「確かに私には姉がいますが双子というわけではありませんよ？　ここにいる私は正真正銘四ノ宮リノア本人です」

「それは……まぁそうだよな」

我ながら間抜けな反応をする。狐《きつね》に抓《つま》まれたような顔をしている俺を見て再び四ノ宮さんはクスクスと笑う。手のひらの上で転がされているというか手玉に取られているというか。

「庵野君をからかうのはこの辺にして。話を本題に戻しましょうか。覚悟はよろしいですか？」

「そうだな。早いとこ煮るなり焼くなり好きにしてくれ」

観念して、俺は肩を竦《すく》めながら投げやり気味に言う。まさかこんな形で高校生活が終わるとは思わなかった。全ては盗撮をした俺が悪い。自業自得だなと心の中で自嘲していると、四ノ宮さんは予想外の爆弾を投げつけてきた。

「庵野君……私の恥ずかしい姿を写真に撮っていただけませんか？」

「……なんですって？」

突拍子もない四ノ宮さんのお願いに思わず俺は真顔で聞き返してしまった。いくら何でも質《たち》の悪い冗談か、もしくは俺をからかって楽しんでいるのだろうと思って四ノ宮さんの

顔を見る。だが悲しいかな、彼女は至って真面目なようで、

「聞こえなかったんですか？　ならもう一度言いますね。私の恥ずかしい写真を撮ってほしいんですけど――――！」

「ストォォォオオオップ!!　ちゃんと聞こえているから大丈夫だから！　わざわざ繰り返さなくていいから！」

ダメだ。わずか十六年の短い人生の中で今日ほど頭の中がチンプンカンプンになった日はない。ユズハさんの専属カメラマンになると首を縦に振るまで家に帰してもらえなかった時より困惑している。

「そうですか。ならよかったです。では、庵野《あんの》君の回答を聞かせていただけますか？　まさか断る、なんて言いませんよね？」

可愛《かわい》い声と可憐《かれん》な笑顔とは裏腹に絶対に逃さないという圧を感じる。まるでのど元に刀の切っ先を突き付けられているような最悪の気分だ。

「さぁ、どうなんですか？　『はい』ですか？　『イエス』ですか？　それとも『うん』ですか？」

「どれを選んでも答えは一緒だよなぁ!?」

あまりの理不尽な質問に俺は反射的にツッコミを入れる。最初から拒否権がないにしても選択肢には「いいえ」の一つくらいあってもいいのではないだろうか。

「もしかして不満でもあるんですか？　私の身体《からだ》では庵野君のお眼鏡に適《かな》わないと？　つまりそういうことですか？」

「誰も不満なんて言ってないんだけどな!?　あと言い方に気を付けような！　俺は別に身体目当てで写真を撮っているわけじゃないからな!?」

「あら、そうなんですね」

そう言ってキョトンと小首をかしげる四ノ宮《しのみや》さん。可愛らしい仕草に絆《ほだ》されそうになるが俺は心を鬼にして必死に耐える。

「まぁ庵野君の性へ……趣味について尋ねるのはまた今度にして。そろそろ答えを聞かせていただけますか？　まさか断る、なんて言いませんよね？」

興味がないと言えば嘘《うそ》になる。だが弱みを握られているとはいえ、どう考えてもこの申し出は受けるべきではない。クラスメイトの、それも隣に座っている女の子の恥ずかしい姿を写真に収めたら、次の日からどんな顔で登校したらいいかわからなくなる。

ただ頭では理解していてもカメラマンとしての本能は頷《うなず》けと、この申し出を引き受けろとしきりに囁《ささや》いてくる。

その理由は他でもない。誰も見たことがないであろう四ノ宮リノアの一面を垣間《かいま》見てしまったからだ。誰もいない教室で制服をはだけさせ、恥じらいながらも淫らな表情を浮かべているあの姿をもう一度――

「その前に教えてほしい。どうしてそんなことを望むんだ？」

「理由ですか。そうですね……強いて言うなら〝自分の知らない自分を見てみたいから〟でしょうか？」

天使のような悪魔の微笑。可憐《かれん》さと艶美さを内包したこの魅惑的な表情を今すぐ写真に撮りたい。

「今はこれ以上お教えできませんが……どうでしょうか？　納得していただけましたか？」

答えは決まった。父さんからの受け売りだが、〝一瞬の美しさを永遠に記録する〟ことがモットーの俺にとって四ノ宮《しのみや》さんはこれ以上ない被写体だ。コスプレとは違う等身大の女の子の、ましてや自分の知らない自分を撮ってほしいなんて言われたら引き下がれるはずがない。

「わかった。その依頼……引き受けるよ」

「ありがとうございます！　庵野《あんの》君ならそう言ってくれると思っていました！」

俺がそう口にすると、四ノ宮さんは嬉《うれ》しそうにピョンピョンと飛び跳ねた。

子供っぽい可愛《かわい》らしい喜び方なのにたゆんたゆんと子供らしからぬ二つの凶器が揺れているそのギャップに理性がおかしくなる。俺は誤魔化《ごまか》すようにゴホンと咳払《せきばら》いをしてから肝心なことを尋ねた。

「写真を撮るのはいいとして。恥ずかしい姿っていうのは具体的にはどういうものをイメージしているの？」

「何となくはあります。ただそのあたりのことはその道のプロである庵野君に相談したいと思っているんですが……ダメでしょうか？」

「ダ、ダメじゃないけど……というか俺がカメラをやっていることを知っているのか？」

「はい、庵野君と仲がいい方に色々教えていただきました。人気コスプレイヤーさんの専属カメラマンなんてすごいですね」

そう言って微笑《ほほえ》む四ノ宮さん。情報源はファンクラブ会員、というよりユズハさんのことまで知っているなら新《あらた》しか考えられない。俺が彼女の専属カメラマンをやっていることを知っているのは学校の中ではあいつだけだ。

「ハァ……わかった。そういうことならまずはイメージの共有からだな。どこかで時間を見つけて打ち合わせをしようか」

俺は大きくため息を吐《つ》きながら了承した。そもそも四ノ宮さんのような美女に上目遣いでお願いされてNOと言える男がいるだろうか。もしいるなら連れてきてほしい。俺には無理だ。

「はい！　それでは早速ですが今週末はいかがでしょう!?　軽い打ち合わせをしたら撮影もしてみたいです！」

「それは別に構わないけど……」

慌てることはないんじゃないか、と言おうと思ったが今にも小躍りしそうなほど嬉《うれ》しそうにしている四ノ宮《しのみや》さんを見たら言えなくなった。

「決まりですね！　あぁ……今から楽しみです！」

言いながら恍惚《こうこつ》とした笑みを浮かべる四ノ宮さんに気付かれないよう俺は静かに苦笑いを零《こぼ》す。

まさか誰もが憧れるクラスメイトの女の子と誰にも言えない秘密の関係になるなんて思ってもみなかった。人生何が起きるかわからないな。

「打ち合わせ兼プチ撮影会の場所は庵野《あんの》君の自宅でいいですよね？」

「どうしてそうなる⁉」

放課後の静かな教室に、俺の悲鳴にも似た叫びが響き渡った。本能に負けて安請け合いするんじゃなかったと早くも後悔するのだった。

第２話：初めての撮影会は生着替えシチュエーション

週末の昼下がり。俺は自宅の最寄り駅でソワソワしながら待ち人を待っていた。

その人物は、学校一の有名人にしてアイドルでもないのに熱狂的なファンクラブが存在する美女、四ノ宮リノア。

聖女、お姫様などと呼ばれており、毎日のように告白をされている彼女からどういうわけか〝恥ずかしい姿を写真に撮ってほしい〟と頼まれた。その真意は未《いま》だわからず、モヤモヤを抱えたまま打ち合わせの日を迎えた。

「いったい何を考えているんだよ、四ノ宮さんは……」

隣の席に座っているだけのクラスメイトの男の家で打ち合わせをしたいなんて信じられない。しかも終わり次第そのまま撮影会もしたいとは。いくら機材が揃《そろ》っているとはいえ、無防備すぎやしないだろうか。

「あっ！　庵野く――――ん！」

そんなことをぼんやりと考えていると、噂《うわさ》の四ノ宮さんがエスカレーターから手を振りながら降りてきた。さながら殺風景な景色に咲いた一輪の花のよう。彼女がいるだけで周囲が一気に華やかになる。

「お待たせしてごめんなさい。これでも早く来たんですけどね」

改札を出てきた四ノ宮《しのみや》さんは申し訳なさそうに苦笑いを浮かべた。

現在の時刻は13時半を過ぎたところ。対して待ち合わせの時間は14時。ちなみに俺が駅に着いたのは13時頃である。早すぎたかと思ったが四ノ宮さんを待たせなくて済んだので結果オーライだった。

「大丈夫、俺もちょうど来たばかりだから。それより……どうして制服なのか聞いてもいいかな？」

今日は休日。学校に行くわけではないので制服である必要はないし、何なら四ノ宮さんの私服姿を少し楽しみにしていた自分もいた。

「まず写真を撮ってもらうなら制服がいいかなと思いまして……もしかして庵野《あんの》君、私の私服姿が見たかったんですか？　期待させちゃいましたか？」

何が面白いのか、グイグイと身体《からだ》を密着させてくる四ノ宮さん。くすぐったいから肘で脇を小突くのはやめてほしい。

「制服でがっかりしちゃいましたか？　しちゃいましたか？」

めんどくさい。これでは聖女というよりメスガキのムーブだ。こめかみを押さえながら適当にいなすことにした。

「はいはい。四ノ宮さんの私服姿を期待していましたよ。制服でがっかりしましたよ。こ

れで満足ですか？」

「ウフフッ。もし庵野《あんの》君がどうしても見たいと頭を下げるなら見せてあげないこともありませんよ？」

さらに一歩。四ノ宮《しのみや》さんはずいっと距離を詰めて来て耳元で小悪魔的な意地悪な声で囁《ささや》いた。もしこれが二人きりの空間だったら心臓がドクンと跳ねあがって赤面していただろう。ただこの状況ではそうも言っていられない。

「……そうだな。お願いするのはやぶさかではないけど、まずは離れてくれませんかね？」

「ほへ？」

俺のお願いにキョトンとする四ノ宮さん。まさか今自分が何をしているかわかっていないのだろうか。俺はそっと彼女の肩に手を置いて優しく諭すように状況を説明した。

「くっつかれるのは嫌じゃないけど、ここはまだ駅で周りにはたくさんの人がいるからな？　TPOは大事だからな？」

「は、はぅ⁉」

素っ頓狂な声を上げながら四ノ宮さんは慌てて俺から飛び退《との》いた。その反応はちょっと傷つくが、何はともあれこれで前に進める。

「ハァ……そろそろ行こうか。いつまでもここにいても悪目立ちするだけだからな」

「時間は有限ですからね。それでは庵野君、案内よろしくお願いします！」

「ねぇ、四ノ宮さん。本当に家で打ち合わせと撮影をやるのか⁉」

「ここまで来て何をいまさら。撮影機材もあるからちょうどいいかって同意したのを忘れたんですか？」

我が家で打ち合わせがしたいと言われた時、当然のことながら俺は反対した。その最たる理由は、俺の両親がこの一年ほど海外で仕事をしていてほとんど家を留守にしていることにある。

おかげで俺は悠々自適なソロライフを過ごせているわけだが、かといって女の子を招いたことは一度もない。それをしたら俺を信頼してくれている両親を裏切ることになる。故に一番親しいユズハさんですら呼んだことはない。このことを懇切丁寧に伝えてもなお、四ノ宮さんは首を横に振った。

「そもそも私は普段庵野君が撮影されているコスプレイヤーさんと違って素人のただの学生です。そんな人間を撮影するのにスタジオは勿体《もったい》ないです」

「その代替案に親のいない俺の家はどうかと思うけどな」

かといって四ノ宮さんの家に招待されても困るのだが。もしそんなことになったら口から心臓が飛び出る自信がある。撮影どころではない。

「それでは庵野君はご両親が不在の自宅で私と二人きりになったら理性が暴走して獣になってしまうような方なんですか？」

違いますよね、と確信した顔で口にする四ノ宮《しのみや》さん。どうしてそこまで信頼してくれているのか甚だ疑問ではあるが、答えはもちろん「違う」だ。

「そんなことをしたらそれこそ身の破滅だろうが。信頼を裏切るような真似《まね》はしないさ。絶対にな」

依頼人には手を出さない。適切な距離を取る。それが良好な関係を保つ秘訣《ひけつ》である。父さんから耳にタコができるくらい言われた言葉だ。まぁ母さんとの馴れ初《なそ》めを聞くとどの口が言っているのかとツッコみたくはなるのだが。

「フフッ。誠実なんですね、庵野《あんの》君は。やっぱりお願いして正解でした」

「……俺に限った話じゃないと思うけどな」

「そんなことありませんよ？　少なくとも私が知る限り庵野君は希少種……絶滅危惧種に指定されてもおかしくありません」

「それじゃ四ノ宮さんは種の保護者ってことになるけどいいのかな？」

ただ俺は彼女に弱みを握られて半ば言いなりになっているので、保護者というよりは飼い主の方が近いが。

「保護するには庵野君はちょっと大きすぎますね。薬で小学一年生くらいまで小さくなっていただけますか？　それなら考えてあげます」

「見た目は子供、頭脳は大人ってか？　勘弁してくれ」

それはそれで一緒にお風呂に入ったり添い寝したりできるので悪くないが、それこそ理性がどうにかなる自信がある。なるなら一日限定だな。

なんて他愛《たあい》のない会話をしながら俺は四ノ宮さんと並んで歩いて自宅へと向かうのだった。

＊＊＊＊＊

駅から歩くことおよそ十分。四ノ宮さんたっての希望で打ち合わせ兼撮影をする我が家に到着するや否や、彼女は唖然《あぜん》とした顔で恐る恐る尋ねてきた。

「も、もしかしてここが庵野君のご自宅ですか？」

「そうだよ。何か問題でもあるか？」

「い、いえ……別に何も……」

ほんのりと声を震わせながら四ノ宮さんが呟《つぶや》く。

ちょっと他より高層でコンシェルジュやスポーツジムが付いているくらいで、あとは他と何も変わらないマンションである。

「別に俺が買った家ってわけじゃないからな。それに四ノ宮《しのみや》さんの自宅は大層立派な一戸建てなんだろう？　別に驚くことはないんじゃないか？」

「……そうですね。見てくれだけは立派ですからね、あの家は」

何の気なしに口にした言葉に、四ノ宮さんは感情の色が消えた顔と聞いたことがないくらい冷たい声で返した。理由が気にならないと言えば嘘《うそ》になるが、土足で踏み込んでいい話でもない。

俺は努めて気にしないことにして彼女と一緒にエレベーターに乗り込んだ。グングンと上昇していく数字。

静かな鉄箱の中。いつもなら緊張することなんてないのに微《かす》かに耳に届く四ノ宮さんの息遣いのせいで心臓の鼓動が速くなる。

「どうしたんですか、庵野《あんの》君？　顔が赤くなっていますよ？」

「……気のせいだ。俺は至って正常だ」

「そうですよね。庵野君は紳士さんですもんね。私と二人きりでも手を出したりしませんよね」

信頼していますよ。そう四ノ宮さんが口にしたのとエレベーターが目的階に着いたことを告げたのは同時だった。やっぱりこの子は天使ではなく小悪魔だ。もしくは堕天使だ。

俺は重たいため息とともに肩を竦《すく》めながら廊下を歩く。その後ろを鼻歌混じりで上機嫌に四ノ宮さんがついて来る。

変幻自在に揺れ動く彼女の感情に困惑しつつ、手が震えていることを悟られないように細心の注意を払って家の鍵を開ける。

「おじゃましま――す！」

「はい、いらっしゃい。まぁ誰もいないんだけど」

元気よく言いながら、しかし丁寧に靴を揃《そろ》える四ノ宮さん。こういうことを当たり前にできる辺り、育ちの良さが窺《うかが》える。なんてことを考えながら打ち合わせを行うリビングへ案内する。

「飲み物を用意するから適当に座って待っていてくれ」

「ありがとうございます。あっ、お菓子を持ってきたのでテーブルに並べますね」

そう言って四ノ宮さんは鞄《かばん》から手土産を取り出して封を開ける。気遣いが出来すぎるのも問題だな。こっちが申し訳なくなる。

「お待たせ、ルイボスティーでよかった？」

「お気になさらず。何でも大丈夫ですよ。とはいえルイボスティーとは……意外とオシャレじゃないですか。もしかして誰かの影響ですか？」

グラスを差し出すとニヤニヤと意地の悪い笑みを浮かべながら四ノ宮さんが尋ねてきた。

「邪推しているところ申し訳ないが、これは母さんの影響だよ。好きな人が飲んでいるとかそういうことじゃない」

「あら、そうでしたか。私はてっきり懇意にされているコスプレイヤーさんの好みかと……失礼しました」

「全く……くだらないこと言ってないで本題に入るぞ」

このまま四ノ宮《しのみや》さんのペースでダラダラと話していたらあっという間に日が暮れてしまうだろう。そしてこのことが新《あらた》に知られたら『それはお家《うち》デートというやつでは!?』とツッコミを入れられること間違いなしだ。早いとこ主導権を握らなければ。

「恥ずかしい姿を撮るのはいいとして……どんな感じかイメージがあるって言っていたよな？　それを教えてくれないか？」

「その話をする前に、まずはこちらを見ていただけますか？」

そう言って四ノ宮さんはスマホを操作してから俺に差し出してきた。そこに映し出されていたのは星の数ほどのファンを抱えている女性のSNSのアカウントだった。

顔出しはしていないがとにかくたわわな果実が特徴で、日常やランジェリー、フェチ系の写真を毎日投稿している人で俺も何度か見たことがあった。

正直四ノ宮さんとは縁遠い人だと思うのだが、これがどう関係があるというのだろうか。

「クラスメイトの方に教えてもらったんです。今は私達のような素人でもサイトに写真を投稿してファンが付けば簡単にお金を稼げると」

「……それができるのは一部の上澄みだけだ。あといくら何でもこの世界を知らなすぎるし、何より舐《な》めすぎだ」

思わず声に怒気がはらむ。何も知らなければそういう考えになるのもわからなくもないが、実際に写真を撮っている身からしたら寝言は寝て言えと言いたくなる。

「私が惹《ひ》かれたのはそこではありません。この写真をきっかけに色々調べてみて、私なりに気付いたことがあるんです」

「……何に？」

「みんなとても楽しそうなんです。コスプレでも露出の多い写真でも。自分のやりたいこと、好きなことを全力で表現されていて……私はその美しさに魅了されました」

「……そっか」

「色んな方の写真を見れば見るほど……自分でもやってみたい、撮ってもらいたいと思うようになったんです」

胸元に手を当てながら話す四ノ宮さんの表情はどこまでも真剣で。俺は一瞬抱いた怒りを深呼吸とともに吐き出しながら心の中で謝罪する。

「話してくれてありがとう。四ノ宮さんの気持ちはわかったよ。それで、話は最初に戻るけど撮ってほしい姿っていうのは――」

「庵野《あんの》君にはありのままの私を撮ってほしいんです。ダメ……ですか？」

期待と不安が入り混じった声で縋《すが》るように言われたら断れるわけがない。むしろ四ノ宮《しのみや》さんを撮影できるならお金を払いたいくらいだ。ただ〝ありのままの自分〟というのがどういう姿なのか想像できないのが気になる。

「あ、庵野《あんの》君。黙っていないで答えてください。私のこと……撮っていただけますよね？」

「あぁ……悪かった。もちろん撮るよ。むしろ撮らせてくださいってお願いしたいくらいだよ」

「ありがとうございます。ダメと言われたり断られたりしたらどうしようかと思っていたので一安心です」

そう言って四ノ宮さんは安堵《あんど》の笑みを浮かべた。ユズハさんに匹敵する美女を撮影できるのは願ったり叶《かな》ったりだ。

「まぁ最初から庵野君に拒否権なんてないんですけどね。断ったらあることないこと言い触らしていましたよ」

脅迫がなかったらなお良かったんだけどな。俺は一つ息を吐いてから四ノ宮さんに尋ねる。

「それでありのままの姿っていうのは具体的にはどういうものなんだ？　イメージとかはあるの？」

「はい。その辺りは考えています。と言ってもすでに一度庵野君に撮っていただいているんですけどね」

「ん？　俺が撮ってる？　それってもしかして教室でのやつか？」

俺が四ノ宮さんを撮影したのは脅されるきっかけとなった隠し撮りだけ。あの時の四ノ宮さんははだけさせた制服姿を自撮りしようとしていたが、もしかしてリベンジをしようと言うつもりなのだろうか。

「はい。あの庵野君に撮っていただいた写真は私が撮りたかったものだったので是非あんな感じでまた撮っていただきたいんです」

「……なるほど。だから今日は私服じゃなくて制服だったのか。合点がいったよ」

「そういうことです。それに自宅なら人目を気にせず気兼ねなく脱ぐことができるかなと思ったんです」

ただしここは俺の家だけどな、と心の中でツッコミを入れる。男の家で制服を脱ぐというのは字面的によろしいものではないが。

「ちなみに私がイメージしているシチュエーションは〝初めてクラスメイトの男の子の家に行って、部屋で勉強をしていたらエッチな雰囲気になってしまって……〟です！」

「そこは勉強で留《とど》めておけなかったのか!?　エッチな雰囲気になったらダメでしょうが!?」

俺はバンッとテーブルを叩《たた》いた。決して四ノ宮さんの口からエッチって言葉を聞いて興奮したわけではない。ただあまりにも具体的なイメージに、そういう経験があるのかと疑いたくなる。

「あくまでシチュエーションの話ですよ？　実際にそういうことをするわけじゃありませんからね？　まったく……庵野《あんの》君は一体ナニを想像したんですか？」

「思春期男子をからかうんじゃありません……」

もう何度目かになるため息を吐《つ》きながら俺は立ち上がる。この調子で楽しく会話をしていたら撮影に行く前に本当に日が暮れてしまう。

「どちらに行かれるんですか？」

「撮影の準備だよ。家のどこで撮影するにしても四ノ宮《しのみや》さんが思い描いているイメージを聞いてからじゃないと始まらないからな」

「では撮影場所は……」

「クラスメイトの男の部屋で勉強をしていたんだろう？　なら俺の部屋で撮影するしかない」

甚だ不本意ではあるが、さすがに父さんの仕事部屋に通すわけにはいかないし両親の寝室は論外。消去法で俺の部屋しか残らない。

幸いなことに部屋の中は綺麗《きれい》にしてあるし見られて困るようなものは全てＰＣの中に入っているので問題ない。

「勉強しているってなると小さなテーブルがあるといいな。確か昔使っていたやつが押し入れに残っていたはず……引っ張り出すか」

「あ、あの……庵野君？　何もそこまでこだわらなくてもいいのでは？」

「自分の知らない自分、ありのままの自分が見たいんだろう？　なら細部にまでこだわらないと」

　実際の撮影でもその場にある小道具をアドリブで使ったらクオリティが上がるなんてことはよくある話だ。

　今回の場合なら如何《いか》にして〝なんてことのないただの勉強会からの変化〟を演出するかが重要になる。それを想像しながらセッティングをするのが俺の仕事であり、腕の見せ所でもある。

「そういうわけだからちょっと待っていてくれると助かる。三十分くらいで仕上げるからそれまでテレビでも観《み》ていてくれ」

「ちょ、庵野君!?」

　戸惑う四ノ宮さんの声を無視して俺はプランを考える。小道具以外にもライティング用のストロボの設置に設定などやることはたくさんある。いや、ここはあえて自然光だけで撮影するのもありだな。

「わ、私にも何か手伝えることは……!?」

「ん？　別に気にせずゆっくりしていてくれていいんだよ？」

「ですが私がお願いしたことなのに何もしないで待っているなんて……」

それでもなお四ノ宮《しのみや》さんは申し訳なさそうな顔でしゅんと肩を落とす。これでは俺が悪いことをしているみたいな気持ちになってくる。

「ん……それじゃ雰囲気を掴《つか》むために一緒に部屋へ行こうか。そこでどんな感じで撮られたいか考えてみてよ」

四ノ宮さんのここでの仕事は撮られること。ベストなパフォーマンスのためにテンションを上げてもらう必要がある。

「そういう雰囲気になったらどんな表情をするのか、準備が整う前にイメージを膨らませておいてくれると助かる」

「わかりました。では私は庵野《あんの》君の部屋で色々考えてみますね」

「よろしく頼む。いい写真が撮れるよう頑張ろう」

「それはそうと。安易に私を部屋に入れていいんですか？　見られたくないものはちゃんと隠してありますか!?」

言いながら身を乗り出し、何故《なぜ》か目をキラキラと輝かせる四ノ宮さん。探す気満々なご様子に軽いめまいを覚える。

「初めて男の子の家に行ってやることの定番はエッチな本を探すことだと聞きました！　ですから……いいですよね!?」

「いいわけないだろうが！　そもそもそんな定番はない！　というか四ノ宮さんにそんなことを吹き込んだ奴《やつ》は誰だよ⁉」

　聖女だ、天使だと崇《あが》める女の子に余計なことを吹き込むな。このまま放っておいたら同人誌でよく見る〝見た目は清楚《せいそ》だけど実は痴女〟なヒロイン路線まっしぐらである。

「大人しく座ってイメトレしていてくれたらいいから！　くれぐれもパソコンには触らないように！」

「なるほど……大事なものはデジタル化してあるということですね」

「編集途中の大事なデータがあるんだよ！」

　俺の渾身《こんしん》の叫びがリビングに響き渡る。

　やっぱりこのお茶目《ちゃめ》というかいたずらっ子な一面こそが四ノ宮リノアの本性なのではないか。撮影会をする必要があるのか、そう改めて疑問を抱きながら俺は撮影の準備に取り掛かるのだった。

＊＊＊＊＊

何だかんだ騒いでいた四ノ宮《しのみや》さんだったが部屋に案内したら大人しくなり、次第に表情にも緊張の色が浮かぶようになった。

「よし、ひとまずこんな感じでいいかな？　勉強している雰囲気も出ているよな？」

俺が子供の頃に使っていた小さなテーブルを押し入れの中から引っ張り出し、その上に教科書とノート、筆記用具を乗せた。さらに遊びに来ている感を出すためにコップを二つ用意した。あと雰囲気を重視するために自然光で撮影することにした。

「は、はい！　ばばばっちりだと思います」

上擦った声で答える四ノ宮さん。これからが本番なのに大丈夫だろうか。俺は一抹の不安を抱きながら愛用のカメラを手に持つ。

「それじゃ始めていこうか。四ノ宮さん、いけそう？」

「だ、大丈夫です。やってみます」

そう言って深呼吸を繰り返す四ノ宮さん。空き教室の時と違い、初めてカメラを前にしたら緊張するのは当然だ。ただこういう姿もシチュエーションとしてはピッタリだ。俺は無言でシャッターを切る。

「えっ、もう撮るんですか!?」

カシャ、カシャという音にビックリする四ノ宮さん。これは合図を出さずに撮影した俺が悪いのだが、あまりにもイメージ通りでつい指が動いてしまった。

「もちろん。いい感じにドキドキしているのが伝わってくるよ」

「あぅ……」

恥ずかしそうに背を向ける四ノ宮さん。そのリアクションも可愛《かわい》く、またシチュエーションョン通りで思わず笑みが零《こぼ》れる。

「四ノ宮さん。ちょっとずつ制服を脱いでいける？」

「も、もうそのターンに突入するんですか!?」

「ゆっくり、ボタンを一個ずつ外していこうか。あっ、その前に身体《からだ》をこっちに向けてくれる？」

そこまで広い部屋ではないので俺が移動できる範囲も限られている。正面に回り込もうとしても四ノ宮さんが身体を隠してしまうので堂々巡りだ。

「うぅ……どうして庵野《あんの》君はそんなに冷静なんですか？　私一人でドキドキしていたらバカみたいじゃないですか」

「これは撮影だからな。一々ドキドキしていたら仕事にならないだろう？」

とは言うものの全く緊張していないかと言えばもちろん否。撮影中は一瞬たりとも被写体から目を離すわけにはいかないので余裕がないというのが正解だ。

「わ、わかりました……」

声を震わせながらも覚悟を決めた四ノ宮さんがゆっくりと身体をこちらに向けてくる。

一度深呼吸をしてからリボンをシュルリと外し、そのまま第一、第二ボタンへと手を伸ばす。

「ハァ……ハァ、ハァ……」

自然と四ノ宮《しのみや》さんの吐息が熱を帯びる。頬《ほお》は真っ赤になっていて徐々に表情も艶美に蕩《とろ》けていく。

これがいつも教室で友人達に囲まれて笑顔を振りまいている隣の席のクラスメイトと同一人物とは思えない。そんな人気者が俺の部屋でファインダー越しに淫らな姿を晒《さら》していると思うと頭がおかしくなる。

狭く静かな空間に響き渡る呼吸とシャッターの音。

「あ、庵野《あんの》君……」

艶のある声で俺の名前を呼びながら、四ノ宮さんはブラウスを大きくはだけさせ、顔を逸《そ》らしながら穢《けが》れのない肌と年不相応に大人びた下着——情熱の赤の生地に薔薇《ばら》の刺繍《ししゅう》とレースがあしらわれており、派手やかな金のラメ糸が煌《きら》めいている——に包まれた魅惑の果実を白日の下に晒す。

「…………」

その姿があまりにも妖艶で。俺は無意識のうちに生唾を飲み込んでいた。それと同時に四ノ宮リノアが羞恥に顔を染めている様を見ているのは、この世界で自分だけという優越感に襲われて言葉が出ない。

「すごく綺麗《きれい》だよ、四ノ宮さん。それじゃ次は――――」

「……はい。わかっています」

俺が指示するより早く、意図を汲《く》み取った四ノ宮さんがレンズを覗《のぞ》き込むように四《よ》つん這《ば》いの姿勢を取る。


――勉強を教えてもらうというのは口実で、女の子は初めからこうするのが目的だった。対する男の子は突然の事態に慌てふためき、どうしたらいいかわからない。そんな煮え切らない態度に業を煮やして強引に迫る――


いつの間にかそういう役になり切っているのか四ノ宮さんの表情から自然と羞恥は消えており、代わりに〝好きにしていいんだよ？〟と訴えるような耽美《たんび》な顔になっている。

「うん、いい表情だよ」

最初の緊張はすでになく、俺の声も届いていないのか四ノ宮さんの演技はさらに加速する。舌なめずりをしながら獲物を追い詰めた雌豹《めひょう》のようにゆっくりと接近してくる。その動きに合わせて俺は後退しつつ画角を上下に変え、時には右に左に身体《からだ》をずらして撮影を続ける。

「……どうして逃げるんですか？」

近づいても逃げる男の子に怒りではなく不安を覚えたかのように、四ノ宮《しのみや》さんが瞳を潤ませながら甘い声を出す。思いが伝わらずに焦り、切なそうにする姿も演技とは思えないくらいリアルだ。

「私のこと……見て？　もっと、たくさん……」

言いながら四ノ宮さんは俺から距離を取るとそのままベッドの方へと移動する。何をするつもりなのか、その一挙手一投足を見逃さないように全神経を集中させる。

「上ばかりじゃなくてこっちも……」

片足を立たせてベッドサイドに腰掛けた四ノ宮さんはスカートの裾を掴《つか》むと静かにたくし上げた。捲《めく》りあげるまでのわずか数秒。俺の目に映る世界がスローとなり、一部始終をカメラに収めることに成功した。

一部にほんのり透け感のある深紅のショーツを惜しむことなく見せつけてくる姿は男を色欲の世界に取り込む夢魔のよう。

「ど、どうですか？　今日のために買ったのですが……似合っていますか？」

「もちろん。すごく似合ってると思うよ」

普段はお淑《しと》やかな女の子が服の下に身に着けているのは大胆なデザインの下着というギャップが嫌いな男はいない。

「それなら……庵野《あんの》君の好きにしてくれていいんですよ?」

脱ぎかけだったブラウスのボタンを全て外すと、ゆっくりとしかしためらうことなく肩からずらして脱いでいく。さながら蛹《さなぎ》から羽化する蝶《ちょう》だ。そしてそのまま身体《からだ》をベッドに傾けながら手を伸ばす。


『……こっちに来てください。私と気持ちいいことしましょう?』

『一緒に堕《お》ちるところまで堕ちましょう』


そんな極上かつ甘美な声が聞こえてきそうなくらい蠱惑的《こわくてき》な表情をする四ノ宮《しのみや》さん。

あぁ、なんて美しいんだろうか。俺がカメラを握ったのはこの人のこの瞬間を撮るためだったんじゃないか。そんなありえない錯覚を覚えつつ、彼女の下へ近づきながらシャッターボタンを押す。

「来てください……」

四ノ宮さんの囁《ささや》きはギシッ、とベッドが軋《きし》む音にかき消される。このまま理性を捨てて押し倒すことが出来たらどれだけ幸せなことか。だがそこは一度嵌《はま》ったが最後、一生抜け出すことのできない底なし沼でもある。

「私に触れてください……」

熱を帯びた声で言いながら四ノ宮さんが背中に手を回すと、カチャッという小さな金属音が鳴った。その音の正体がなんであるかわかる前にはらりと下着が床に舞い落ちる。

「…………」

ごくりと生唾を飲み込む。ブラウスこそまだ羽織っているが魅惑の果実を覆っていた最後の砦《とりで》がなくなり、生肌が露《あら》わになる。これを好きに出来たなら未練なく天に昇れるだろう。

「ほら、庵野君の好きにしていいんですよ？」

寝転がり、誘うように両手を広げる四ノ宮さん。その姿はまさしく堕落の道へと人を誘《いざな》う堕天使のそれ。純白の羽は黒に染まり、可憐《かれん》な笑みには淫欲の色が混じる。

俺は天を仰ぎながら熱く煮え滾《たぎ》ったものを根こそぎ吐き出してから、四ノ宮さんの手を取って起き上がらせると、自分の上着を脱いで半裸の四ノ宮さんの肩に着せてあげた。

「お疲れ様、四ノ宮さん。撮影は終わったよ」

「……ほへ？」

我に返ったのか、呆《ほう》けた声を出す四ノ宮さん。一瞬前まで精魂吸い尽くそうとして誘惑していた人と同一人物とは思えない。

「すごくいい写真がたくさん撮れたよ。編集してから送るからちょっと時間くれると助かる」

来てね」

「詳しい話は服を着てからにしようか。俺はリビングで待っているから着替え終わったら

「は、はい……」

それじゃ、と早口で捲《まく》し立てて俺は脱兎《だつと》の如《ごと》く部屋から抜け出す。背後から『ちょ、庵《あん》野《の》君!?』と四《し》ノ宮《のみや》さんが慌てて声をかけてくるが心の中で謝罪しながら無視をする。

「危なかった……危うく逮捕案件になるところだった」

バタンッと閉めた扉によりかかり、俺は撮影したばかりの画《え》を見ながら独《ひと》り言《ご》つ。極度の緊張から解放されたためか足に力が入らず、その場でへたり込んで頭を抱える。

何が『一々ドキドキしていたら仕事にならない』だ。四ノ宮さんの肢体と同い年とは思えない色香に完全に惑わされてしまった。我ながら情けない。

「四ノ宮さんが戻ってくるまで頭を冷やしておくか……」

重たいため息を吐《つ》きながら俺はのそのそと立ち上がってリビングに向かう。まずは本能に理性が負けなかったことを褒めよう。反省はその後からでも遅くはない。

撮りたてホヤホヤの写真達を確認しながら待つこと十分ほど。身だしなみを整えた四ノ宮さんが申し訳なさそうな顔でリビングに戻って来た。

「お、お待たせしました……」

「お疲れ様。どうだった、初めての撮影会は？」

努めて冷静に。何事もなかった風を装って話しかける。肩を落としたまま四ノ宮さんはちょこんと椅子に腰掛ける。

「――ったです」

俯《うつむ》きながらボソッと呟《つぶや》く四ノ宮さん。

「ん？　なんだって？」

「とても楽しかったです。庵野君にカメラを向けられている間はなんと言いますか……自分が自分じゃないみたいな感覚になっていました」

こんなことは初めてです、と顔を上げて口にする四ノ宮さんはどこか恍惚《こうこつ》とした、恐ろしく耽美的《たんびてき》な笑みを浮かべていた。

「自分でもびっくりしているんです。無意識のうちにブラウスを脱いでいてスカートに手をかけるなんて……」

「俺も驚いたよ。でもあの時の四ノ宮さんは間違いなく誰も知らない四ノ宮さんだったと思う。これがその証拠だよ」

カメラを操作して無数に撮った中で俺が最高の一枚――ベッドに横になって誘っている姿――と思うものを四ノ宮さんに見せる。

「これが……私？　本当に……？」

「うん。紛《まぎ》れもなくここに写っているのは四ノ宮《しのみや》リノア、キミだよ」

信じられない、と言いながら四ノ宮さんは楽しそうに画面をスクロールさせて別の写真も見ていく。

「どうかな？　そこに自分の知らない自分は写ってる？」

「ええ……どの写真も私じゃないみたいです。ただまさかこんなに肌を露出させていたとは思いませんでした。下着も庵野《あんの》君に見せつけるみたいで……とても恥ずかしいです」

「そういえば今日のために買ったとかなんとか言っていたけど――」

「私、そんなことまで言っていたんですか!?　庵野君、撮影中の私の発言は忘れてください！　今すぐ！　可及的速やかに！　ＡＳＡＰ!!」

つい出来心で真実を確かめようとしたら、バンッとテーブルを叩《たた》きながら四ノ宮さんが顔を真っ赤にして叫んだ。

「わ、わかった！　忘れるように善処するよ！　少なくとも今日のことは誰にも言わないって約束するよ」

「ああ当たり前です！　これは私と庵野君との秘密の契約なんですからね！　誰にも言ってはダメですからね！」

他言無用です、と念押しされて俺は壊れたゼンマイ人形のようにコクコクと頷《うなず》いた。自宅に四ノ宮さんを招いて、部屋で制服を半脱ぎにした姿を何枚も写真に収めたとファンクラブの連中に知られたら翌日の朝日は拝めないだろう。

「ふぅ……それはさておいてですね。庵野君、次の撮影会はいつにしましょうか？」

「……はい？　撮影は今日で終わりじゃないのか？」

四ノ宮さんが求めていた〝恥ずかしい姿の写真〟と〝自分の知らない自分〟という要望は今回ので満たされたはず。それなのにまだ続けるというのか。

「もちろんです。たった一回で今まで知らなかった自分を知ることなんて出来るわけないじゃないですか」

「それはまぁ……確かにそうだな」

「ですから撮影は今後も継続ということ！　断じて今日一日楽しかったからとか写真が良かったから一回でやめるのは勿体《もったい》ないなんて考えていませんからね！」

「……そう言ってもらえると撮影した身としては嬉《うれ》しいよ」

本音と建前が逆になっているけど指摘するのは無粋というやつだろう。それに俺自身、また四ノ宮さんを撮れるということに静かに興奮していた。

「ではでは、早速ですが次の撮影の打ち合わせをしましょう！　どういうシチュエーションがいいと思いますか⁉　私としては水着がいいかなって思うんです！　それもただの水着ではなくて――」

「うん、わかった。でもまずはいったん落ち着こうか？　次の撮影の前にしないといけないことがある」

鼻息荒くプランを捲《まく》し立てる四ノ宮《しのみや》さんを俺は苦笑いを零《こぼ》しながら宥《なだ》める。気持ちはわかるし、何なら俺もすぐにでも日程を決めて彼女のことを撮りたい。だがそのためには避けては通れない道がある。それは——

「まずは今日の反省会をしようね？」

「は、反省会ですか？　そんなの必要ないのでは？　だって……」

「どの写真も素晴らしいから、か？　すごく嬉《うれ》しいけどそれとこれとは話が別だからね？　そもそもな話をすると——」

そこから小一時間ほどかけて。俺は今日の撮影中に感じたことを四ノ宮さんに出来るだけ優しく伝えた。その結果四ノ宮さんがどうなったかというと、顔から耳どころか首まで湯気が出そうなほど真っ赤になって悶《もだ》えていました。

「うぅ……これではお嫁にいけません。庵野《あんの》君、責任を取ってください」

「どうしてそうなる……まぁ四ノ宮さんがお嫁さんになってくれるならもろ手を挙げて大歓迎だけど」

「ももももう！　冗談を真に受けないでください！　庵野君の馬鹿!!」

「理不尽が過ぎる！」

なんてくだらない雑談をしていたらいつの間にか日が暮れてしまい、駅まで送ってくれとせがまれた。ホント、わがままなお姫様である。

ただ、こんな風に家で誰かと長い時間過ごすのは久しぶりだったので、四ノ宮さんが帰宅した後の我が家は酷《ひど》く色褪《いろあ》せて見えた。

第3話：世間は意外と狭い

四ノ宮《しのみや》さんとの初めての撮影会から一週間が経《た》った。

写真の厳選と加工、編集が終わってもなお、あの出来事は夢だったのではないかと思うほどに非日常的な体験だった。

それはおそらく相手が校内にファンクラブが出来るほどの人気を持つ、自分の隣の席に座っているクラスメイトの女の子だったからだと思う。ユズハさんと初めて個撮をした時も終始浮足立っていたけれど、それこそ初めてだったからだ。あれから経験を積んだので多少の緊張はしても我を忘れる一歩手前まで行くことはない。

「庵野《あんの》君、今日はどこに行くんですか？　撮影はしないんですか？」

「今日は買い物だって言っただろう？　撮影は……まぁ時間が余ったらかかな？」

そして迎えた二度目の週末。家でダラダラと過ごす予定がどういうわけか四ノ宮さんと一緒にお出かけしていた。

現在俺達がいる場所は秋葉原《あきはばら》。正直四ノ宮さんには縁遠い街ではあるが、今度の撮影に使う品を買える店はここにしかないので背に腹は代えられない。

ちなみに外出するということで今日の四ノ宮さんは私服だ。

その装いはブラウンのチェック柄のフェミニンなワンピース。ハイウエストで腰にベルトがあしらわれているので四ノ宮さんのスタイルの良さが一層際立っている。精緻なビスクドールのようで一瞬見惚《みと》れたのは内緒の話だ。

現に駅で合流した――――今回も俺の方が早く着いて待機していた――――時に周囲の人達が息を呑《の》み、我を忘れたように四ノ宮さんに視線を向けていた。だから俺は何も悪くない。

「わざわざ本格的な物を用意する必要はないのでは？　量産品ではダメなんですか？」

平日、週末と問わず大勢の人で賑《にぎ》わう中を歩いていると、四ノ宮さんが至極尤《もつと》もなことを尋ねてきた。

「言いたいことはわかるよ。たった一回の撮影で使う物だからいいだろうってことだろう？」

俺の問いにコクリと頷《うなず》く四ノ宮さん。一度しか着ないのに高い物を買うのはお金が勿体《もつたい》ないという考えなのだろう。それを否定するつもりはないしむしろそっちの方が一般的な感覚だと思う。

「でも逆に言えば……一度しかやらないかもしれない撮影なんだから衣装もこだわりたいと思わないか？」

「それは確かにそうですけど……」

「まぁケースバイケースだけどな」

ユズハさんも既製品で済ませることもあれば湯水のように予算を使ってオーダーメイドすることもある。時には手間暇かけて自作したりもする。

もちろん、一度使った衣装でシチュエーションや季節を変えて撮影することだってある。そうするとまるで初めて撮影するかのような気持ちを味わえる。

「大事なのは撮りたいイメージを形にするためには何が一番いいかってこと。そんで今回はせっかくだからこだわろうって話だ」

「話は理解しました。そうしてくださるのは嬉《うれ》しいのですが、肝心のお金の方は大丈夫なんですか？」

「それに関しては心配しないでいいよ。今から行く店の店長とは仲がいいから融通は利かせてくれると思う」

俺達が今向かっているのは元々ユズハさんが懇意にしている店だ。きっかけは案件撮影だったと聞いている。その時撮った写真をＳＮＳに投稿したら大バズりして予想をはるかに超える売り上げを叩《たた》きだした。カリスマレイヤーの力は伊達《だて》ではない。

「庵野《あんの》君ってもしかして私が思っている以上にこの業界では顔が広いんですか？」

「俺はまだまだ駆け出しの素人カメラマンだよ」

何せ俺が撮影したのはユズハさんと四ノ宮《しのみや》さんしかいないからな。人気のカメラマンにもなれば引く手あまた。撮ってほしいという依頼が引っ切り無しにくるという。

「あぁ、それとあらかじめ言っておくと。店長は良《い》い人だけど少し変わっているというか癖が強い人だから。戸惑うと思うけど頑張って適応してくれ」

「え？　それってどういう意味ですか？　おかしな人ではないですよね!?」

不安になったのか慌てふためく四ノ宮さん。だが悲しいかな、俺が説明するよりも早く目的地に着いてしまった。そして答えることなく扉を開けて入店する。

「わぁ……すごいですね」

店内に足を踏み入れた瞬間、四ノ宮さんが目をキラキラとさせながら感嘆の声を上げた。入ってすぐに目に飛び込んでくる大量の衣服。漫画やゲーム、アニメのキャラクターが着ている衣装を始め、メイド服や今日の目当ての競泳水着が展開されている。それだけではなく、ウィッグや一からオーダーメイドするための布なども売られているのでまさしく選《よ》り取《ど》り見《み》取《ど》りである。さらに試着室、一個上のフロアには撮影コーナーもあるというコスプレイヤーにとっては天国のような場所である。

「いらっしゃ――――い！　待っていたわよ、たっくん！」

カウンターから無駄にガタイのいい男性が手を振りながらこちらに向かってやって来た。

「こんにちは、上江洲《うえず》さん。いい加減たっくん呼びはやめてもらえませんか？」

「私にとってたっくんはいつまで経《た》っても可愛《かわい》いたっくんなのよ！　可愛い女の子が一緒だからって見栄《みえ》を張らないの！」

「え、えっと……庵野《あんの》君？　もしかしてこちらの方が？」

　あまりのハイテンションぶりに驚いたのか。それとも目の前に現れた大柄の男性がばっちり化粧をしていることに困惑しているのか。四ノ宮《しのみや》さんは俺の背中に隠れながら尋ねてくる。

「紹介するね、四ノ宮さん。この人は上江洲《うえず》猛《たける》さん。既製品からオーダーメイドの衣装まで、コスプレに必要なものは全部揃《そろ》えることが出来るこの店の店長さんだ。見た目はあれで鬱陶しい時もよくあるけど基本的には無害だから安心して」

「ちょっとたっくん！　その紹介の仕方はあんまりじゃないかしら!?」

　俺の言い方が気に食わなかったのか店長が野太い声で抗議してくる。四ノ宮さんは何が何だかわからないといった様子。その気持ちはよくわかる。俺もユズハさんに連れられてこの店──名前を『エモシオン』という──に来た時は大いに戸惑った。そして上江洲店長の存在感に圧倒されて散々からかわれたのはいい思い出だ。

「まぁたっくんお得意のツンデレってことで大目に見てあげるわ。そんなことより、一緒にいる子を紹介してくれないかしら？」

　俺はツンデレじゃないとツッコミを入れたいところではあるが、話を前に進めるためにグッと堪《こら》える。

「こちらはクラスメイトの四ノ宮リノアさん。今日は彼女との撮影会用の衣装を買いに来ました」

「へぇ……あのたっくんがユズハちゃん以外の子と撮影会をするなんてねぇ……しかもこんなに可愛《かわい》いクラスメイトとだなんて。ちゃんと許可は取った？」

「その点についてはノーコメントということで。ユズハさんにはくれぐれも内緒にしておいてください」

「それはもう答えを言っているようなものよ？　まぁ私は黙っていてあげるけど、撮った写真を投稿したら一発でバレると思うわよ」

　ＳＮＳの巡回を欠かさないユズハさんのことだ。店長の言う通り投稿をしたらすぐに見つかって問い詰められるのは目に見えている。

「写真を見ただけで誰が撮ったかわかるなんてことがあるんですか？」

　四ノ宮さんが恐る恐るといった様子で素朴な疑問を口にする。そんな彼女に対して店長はにこりと笑みを返す。

「もちろん、見る人が見ればわかるものよ。撮り方、構図、編集や加工のやり方にその人特有の癖みたいなものが出るの。たっくんを専属カメラマンにしているユズハちゃんならなおさらね」

「まぁ四ノ宮さんの写真を投稿する予定はないので店長さえ口を割らなければ問題ないと思います」

「あら、そうなの？　せっかく撮ったのに勿体《もったい》ないことをするのね」

「そういえば私も詳しい理由を聞いていなかったです。どうして投稿したらダメなんですか？」

店長と四ノ宮《しのみや》さんが声を揃《そろ》えて尋ねてくる。至極尤《もっと》もな質問だし、俺が無関係な第三者でも同じことを聞いたと思う。

「そりゃ俺だって投稿しようかなって考えたさ。ただ公には絶対に出来ない致命的な理由があるんだよ」

言いながら、俺はスマホに移しておいたこの間の写真を店長に見せる。それを見た瞬間、店長は理由を察したのか「あぁ……」と声を上げる。

「なるほど、これは投稿したくても出来ないわね。というよりたっくんにしては迂闊《うかつ》だったんじゃない？」

「ええ……気付いた時には時すでに遅しでした」

「次に制服で撮影する時はせめて既製品を使うようにしてね」

写真を公開できない理由。それは兎《と》にも角にも銀花《ぎんか》高校の制服で撮影してしまったからだ。わかる人にはブラウスやスカートを見ればどこの高校かわかるだろうし、顔を隠しても身体《からだ》つきから被写体が誰か特定されるかもしれない。

要するに身バレを避けるためだ。そのことを説明したら四ノ宮さんも合点がいったように頷《うなず》く。

「なるほど、そういうことだったんですね。まぁ私としても個人用なので別に構わないんですけど」

「本当に勿体ないわねぇ。たっくんとのコンビならユズハちゃんに匹敵するくらいの大手になれるんじゃないかしら？」

「いいんですよ。別にそういう目的で撮っているわけじゃないですから」

ファンサイトを作るとか写真集を作って販売するわけじゃない。これは四ノ宮さん自身が知らない自分を探すための活動だ。

「そういう割には随分と扇情的な写真じゃない？　あっ！　さてはたっくん……クラスメイトの女の子のエロい姿を独り占めしたいってことかしら!?」

「ええっ!?　そうなんですか、庵野《あんの》君!?」

「どうしてそうなる……」

二人の女子（?）の物言いに俺は呆《あき》れて肩を竦《すく》める。とはいえ店長の言葉を全て否定できると言えば嘘《うそ》になるのだが。

「さて。たっくんをからかうのはこの辺にしておいて。そろそろお仕事の話をしましょうか？」

キラッと星が飛び出そうな可憐《かれん》なウィンクを飛ばしてくる上江洲《うえず》店長。仕草は可愛《かわい》いのに外見のインパクトが強いので反応に困るが、それを口にすると問答無用の鉄拳が飛んでくる。とりあえず黙って俺はコクリと頷《うなず》く。

「欲しいのは競泳水着よね？　二回目の撮影で選ぶには随分と大胆な衣装のチョイスね。その攻めた感じ、嫌いじゃないわ！」

店長の言う通り、制服の次に撮影する衣装が競泳水着なのは俺としても思うところがないわけではない。ただこれは他でもない、四ノ宮《しのみや》さんたっての要望なのだ。

「私としては中学生の頃に使っていたスクール水着でもよかったんですが、庵野《あんの》君に止められてしまいました」

「アッハッハッハ！　リノアちゃん、衣装にスクール水着を提案したの!?　もしかして胸のあたりに大きく名前が書いてあったりする？」

「はい！　ばっちり大きく〝四ノ宮〟って書いてあります！」

何故《なぜ》かえっへんと胸を張って得意げに話す四ノ宮さんに俺は頭を抱え、店長は手を叩《たた》きながら呵々大笑《かかたいしょう》する。

「素晴らしいわ!!　しかも中学生の頃の物ってことはあれよね、当然サイズも合っていないんじゃなくて？」

「試しに家で着てみたんですが概《おおむ》ね問題ありませんでしたよ？　ただ胸がちょっと、少し……いいえ、かなりきつかったですけど」

そう言って四ノ宮さんはえへへと恥ずかしそうに笑った。たった数年できつくなるってどれだけ成長したんだ、と考えたところで俺は思考を閉ざした。今の話は聞かなかったことにしよう。というか初対面の店長相手に赤裸々に話すことじゃない。

「あなたのおっぱいは立派だから無理もないわね。ただサイズの合わない水着を着て、おっぱいがはみ出しそうになっているのも最高なのよねぇ……たっくんもそう思うんじゃない？」

「俺に話を振らないでもらえますかね⁉」

店長からの問いに思わず全力で叫ぶ。サイズの合っていないスク水を着た四ノ宮さんの姿を見たいか見たくないかで言えば答えはもちろん前者ではあるが、それを素直に口にするような度胸は俺にはない。

「なにカマトトぶってるのよ！　男の子にとって女の子の『おっぱいが水着から零《こぼ》れちゃうぅ！』はロマンでしょうが！」

俺の肩をガシッと掴《つか》みながら叫ぶ。無駄に大きな声量に鼓膜と一緒に脳が揺れて痛みを覚えるが俺も全力で言い返す。

「やかましいわ！　あんたはエロ同人の読みすぎなんだよ！　というかそういうことを初めて来た客の女の子の前で言うんじゃねぇよ⁉」

「私は昔からずっとこんな感じですぅ！　経営も順調ですぅ！　残念でしたぁ！」

ベロベローとふざけた顔で子供のように煽《あお》ってくる店長。その顔面に右ストレートを叩《たた》きこんでやりたい衝動に駆られるが、それは苦笑いを零《こぼ》す四ノ宮《しのみや》さんによって止められた。

「まったく。この件についてはゆっくり話し合いたいところだけど……今日のところは大目に見てあげるわ。リノアちゃん、ちょっとこっちに来てくれるかしら？」

「おいこら、ちょっと待て変態店長。四ノ宮さんにナニをするつもりだ？」

この話の流れでよく誘えたものだ。俺は咄嗟《とっさ》に四ノ宮さんを背中で庇《かば》うように立つのだが、店長はやれやれと呆《あき》れた様子でため息を吐《つ》きながら、

「怖い顔するんじゃないわよ。用意した競泳水着をリノアちゃんに選んでもらうだけなんだから」

「……あっ、そういうこと？」

「試着もしてもらうけどそこは別の子に任せるから安心してちょうだい。そういうことだからリノアちゃん、怖がらないでこっちに来なさいな」

逆に不安しかないんだが、と俺は心の中でツッコミを入れるがどうやら四ノ宮さんは店長の言葉に安心したようで。

「わかりました。それでは庵野《あんの》君、ちょっと行って来ますね」

「……気を付けてな。何かあったら大きな声で叫ぶんだぞ？」

「あとで本格的に話し合いをしましょうね、たっくん」

そう笑顔で言い残して店長は四ノ宮さんを連れて店の奥へと消えていった。やっと静かになったと一息吐くのだが、

『どれもすごく可愛《かわい》いですね！　でもちょっと大胆すぎじゃないですか!?』

『何言っているのよ、リノアちゃん！　それが競泳水着の良《い》いところじゃないの！　さぁ、つべこべ言わずに全部着てみなさい！　私のオススメはねぇ――』

といった二人のやり取りが聞こえてきて本格的に頭痛とめまいを覚える。店の外に避難したいところではあるが、そんなことをしたらそれこそ店長の雷が炸裂《さくれつ》するだろう。大人しく我慢するしかない。

「ダメじゃない、たっくん。ため息ばかり吐いていると幸せが逃げちゃうわよ？」

「あれ、もう戻って来たんですか？」

思っていたよりもはるかに早く、というよりカップラーメンの待ち時間すら経《た》っていないのではないだろうか。

「そんなの決まっているじゃなぁい！　たっくんを一人きりにしたら可哀想《かわいそう》だと思って急いで戻って来たのよ！」

「……本当のところは？」

「リノアちゃんが私のオススメを聞く前に試着を始めちゃったから手持ち無沙汰になっちゃったのよ」

こんなことは初めてよ、と店長は苦笑いを零《こぼ》しながら言った。ブレーキが壊れたテンションの持ち主を戸惑わせるとはさすが四ノ宮《しのみや》さんである。俺は慣れるまで結構な時間がかかったというのに。

「でも本当に驚いたわ。たっくんがユズハちゃん以外の子と一緒に店に来るなんて。明日は雪でも降るのかしらね？」

「……成り行きってやつですよ。俺だってまさかユズハさん以外の人を撮ることになるなんて想像していなかったですから」

少なくともあと数年はユズハさんの専属カメラマンとして囲われるものだと思っていた。それがクラスメイトと秘密の撮影会をする関係になるなんて。

「まぁ私から言わせればユズハちゃんがわがままを言いすぎね。可愛《かわい》い子には旅をさせた方がいいっていうのに何が不安なのかしらね？」

「それは俺が一番聞きたいですよ……まぁ不満はないんですけどね」

誰もが撮りたいと思っているであろうトップレイヤーと個撮が出来るのは自分だけ、というのはカメラマンとしてこれ以上ない幸福だ。

「だからこそ、たっくんから『ユズハさん以外と撮影会することになったから衣装を見に行きます』って連絡来た時は嬉《うれ》しかったわぁ。それでいて連れてきたのがユズハちゃんに勝るとも劣らない可愛い子でテンションアゲアゲ倍ドンよ！」

ギャハハハッと笑いながら俺の肩をバンバンと叩《たた》いてくる店長。俺よりはるかにガタイがいいので一発一発が力強くて痛い。

「いったいどんな手を使ってあんな可愛い子を手籠《てご》めにしたのよ!?　あの顔とスタイルなら学校じゃ大層モテるでしょうよ！」

「それはもう……学校にファンクラブが出来るくらいには人気者ですよ」

「それじゃなおのこと、どんな手練手管を使ったのか気になるところだわぁね。まさか弱みを握って脅したりしたんじゃないでしょうね？」

「ハハハ……」

店長にジト目を向けられて、俺は思わず苦笑しながら視線を逸《そ》らした。実は弱みを握られているのは俺の方とは言えない。

「ちょっとたっくん!?　いくらリノアちゃんが可愛いからって脅迫したらダメよ！　それこそエロ同人の世界よ！」

狼狽《ろうばい》した店長が俺の肩を掴《つか》んでガクガクと揺らしてくる。その辺のアトラクションよりも目が回る。

「どうなの、たっくん！　事と次第によっては一緒にお巡りさんのところに行ってあげるから、洗いざらい喋《しゃべ》りなさい！」

「ま、まずは肩から手を放して揺らすのをやめてください……」

これ以上されたら乗り物酔いのようになって吐きそうだ。けれど俺の必死の訴えも暴走列車と化した店長には届かない。誰か助けてくれ。

「――安心してください、上江洲《うえず》さん。私と庵野《あんの》君の関係は至って健全なものですから」

危うく尊厳を失いそうになるところで奥から試着を終えた四ノ宮《しのみや》さんが戻って来てくれた。その手には丁寧にたたまれた一着の水着があった。

「そうですよね、庵野君？　私達の間にはやましいことは何一つありませんよね？」

「……はい、その通りです」

ニコリと可憐《かれん》な笑みを向けてくる四ノ宮さん。俺はコクリと頷《うなず》く。決して圧力に屈したわけではない。

「そういうわけですからご心配なく。先程見ていただいた写真も庵野君の指示ではなく私が無意識のうちに脱いだ結果ですから」

「それはそれで今後の撮影が心配になるのだけれど……まぁリノアちゃんがいいならこれ以上私は何も言わないわ。ただ何かあったらすぐに相談するのよ？」

「何から何までありがとうございます。もし庵野君にエッチなことをされたらすぐに報告しますね」

「天地がひっくり返ってもそんなことはしないからな!?」

「リノアちゃんに魅力がないって言うの!?　あんなドスケベな写真を撮っておいて何も感じないの!?　それはいくら何でも失礼が過ぎるわよ！」

どんな回答をしたところで怒られることが確定しているなんて理不尽が過ぎる。仮に興奮するとか襲いたくなるとか口にしていたらそれこそ強制連行案件だ。

「冗談はさておいて。リノアちゃん、水着は決まった？」

「はい。どれも可愛《かわい》くて選ぶのが大変でしたが無事決めることが出来ました。試着もさせていただきありがとうございます」

「いいのよぉ。どれも夏の新作の試作品だから。好きなやつ持っていってちょうだい！でもその代わり、撮影会が終わったら頼むわね？」

店長の怪しげなウィンクに『はい、任せてください！』と笑顔で答える四ノ宮さん。俺のあずかり知らないところで密談をするんじゃない。

「ちょっと待ってくれ店長。試作品を譲ってもらうなんて話、俺は聞いてないぞ？　というか四ノ宮さんに何をさせる気ですか!?」

俺が事前に伝えたのは衣装を見に行くというところまで。それがどうして新作の試作品を譲り渡す流れになっているのか。

「だって事前に言っていたら絶対にたっくん断るでしょうが！　たまには人の善意を受け取りなさい！」

「そりゃ断りますよ！　ユズハさんならともかく、四ノ宮《しのみや》さんは完全な素人ですよ？　いくら四ノ宮さんが可愛《かわい》いからといっても宣伝効果はないと思います。というか写真を表に出すつもりはありませんからね？」

「だから渡すのは試作品だって言ったじゃないの！　それに私だってリノアちゃんを宣材モデルに使おうだなんて思っていないわよ！」

それじゃ四ノ宮さんにお願いすることはないのではないだろうか。ところで四ノ宮さん、あなたはどうして赤面しているんですか？

「リノアちゃんにお願いしたいのは試作品の感想を聞かせてくれってことだけよ。着て、撮影してみて着心地はどうだったかとか良《い》い点悪い点なんかの生の情報が欲しいの」

「あっ、試作品ってそういう……」

「もちろん残った水着もこれから着てくれそうな子を探して同じことを頼むつもりよ」

店長曰《いわ》く。試作品の水着が届いたのと俺が連絡したのは同じタイミングで、それなら売り物じゃないので渡して感想を聞こうとすぐに思いついたとのこと。

「だから気にせず持って帰りなさいな。それが気に入ってくれたら今度こそうちの商品を買いに来てちょうだい」

「……わかりました。ありがとうございます、店長」

「しっかり感想まとめてお送りします！」

俺と四ノ宮さんは揃《そろ》ってこの見た目は奇抜だけど気前のいい大人に頭を下げる。こういう時に自分はまだ子供だと痛感する。

「だから気にしないでいいのよ。それよりリノアちゃん。帰る前に一つ聞きたいことがあるのだけどいいかしら？」

「？　なんでしょう？」

「リノアちゃんってもしかして、モデルをやっている四ノ宮アリスの妹だったりする？」

店長が何気なく尋ねた瞬間、それまで柔和な笑みを浮かべていた四ノ宮さんの顔から感情が消える。同時に店内の空気も一気に張り詰め、思わず俺と店長は顔を見合わせる。

「……ええ。確かに四ノ宮アリスは私の姉ですが、それがどうかしましたか？」

底冷えするような低い声音。殺気こそこもっていないが間違った選択肢を選ぶと即ゲームオーバーになりかねない鋭い眼光を飛ばしてくる。

「いえ、何度か仕事を一緒にしたことがあってね。雰囲気が似ていたし同じ苗字《みようじ》だからもしかしてって思ったのよ。可愛い妹がいるとも言っていたしね」

「……そうですか」

苦虫を噛《か》み潰《つぶ》したような顔で呟《つぶや》く四ノ宮さん。嬉《うれ》しくて照れているわけではない。むしろ逆のように感じる。

「それ以上の意味はないから安心してちょうだいな。突然変なこと聞いてごめんなさいね」

「いえ、大丈夫です。姉が上江洲《うえず》さんと知り合いだってことにちょっとびっくりしちゃいました」

そう言って四ノ宮《しのみや》さんは笑う。感情の色も戻ったようで一安心だ。極寒だった部屋の空気も暖かくなる。

「じゃ店長。俺達はこの辺で失礼しますね」

「あら、もうそんな時間かしら。引き留めて悪かったわね。写真と感想、楽しみにしているわ」

「何から何までありがとうございました、上江洲さん。感想はお送りしますので待っていてくださいね」

最後にもう一度頭を下げて、笑顔で手を振る店長に見送られながら俺達は『エモシオン』を後にした。

＊＊＊＊

店を出た時にはすでに日は暮れ始めていた。そんなに長居したつもりはなかったのだが、何着も試着していたらそうなるか。

これから家に帰って撮影会を始めたら終わる頃には夜遅くなってしまう。今日のところはこれで解散にしたほうがよさそうだ。そう提案しようと口を開こうとしたら、

「ねぇ、庵野《あんの》君。このあとお家《うち》に行ってもいいですか？」

逆に四ノ宮さんから言われてしまった。

「家に来てもさすがに撮影はできないよ？」

現在時刻は17時を半分過ぎたところ。ここから自宅まで電車でおよそ三十分の距離なので遠いわけではないが、何かしたらあっという間に夜になってしまう。

「それはわかっています。今日はどのような形で撮影するかを一緒に考えたいと思ったんですがどうでしょう？」

確かにその打ち合わせはするに越したことはない。事前にイメージを共有しておけば撮影の時間も長くとれるし適宜修正も出来る。

「それは是非やりたいところだけど……何も今日じゃなくてもいいんじゃないか？」

「鉄は熱いうちに打てと言うじゃないですか？　せっかく試着もさせていただいたので早くイメージを固めたいです」

「……一理あるな」

「それに時間のことなら気にしないでください。多少遅くなっても問題はありません」

そう言って四ノ宮《しのみや》さんはどことなく寂《さみ》しそうな顔で苦笑いを零《こぼ》した。お姉さんのことを聞かれた時の反応といい心配になるが、これも〝自分の知らない自分を撮ってほしい理由〟と同じで安易に踏み込んでいい話題ではない。

「何なら明日もお休みですし、庵野《あんの》君のお家《うち》でお泊り会なんていうのもありですね」

「無しに決まっているだろうが！　せいぜい一緒に夕飯を食べるまでだ！」

二人で買い物――しかも買ったのが撮影に使う競泳用とはいえ水着――に行ったことが知られただけでもブラックリストに登録されるのにお泊りしていったなんてバレたら弁明の機会すら与えられずその場で即処刑だ。まぁ一緒に夕飯を食べるも似たようなものではあるが。

「仕方ありません。今日のところは夕飯までで妥協してあげます。私の懐の深さに感謝してくださいね？」

「何が懐の深さだ。四ノ宮さんのわがままのおかげで俺は頭痛が痛いですよ……」

「男の子なんですから細かいことは気にせずいきましょう！　ところで庵野君は食べたい物はありますか？」

言われて俺は考えるが『夕飯何食べたい』は突然聞かれて困る質問ランキングのトップ

スリーに入るくらい咄嗟《とっさ》に答えるのが難しい。

両親が仕事の都合で海外に行って一年余り。それなりの額の仕送りはもらっているが基本的には自炊を心掛けている。とはいえ凝った料理は作れないしレパートリーも限られているので、

「四ノ宮さんの食べたい物はあるの？　俺はそれに合わせるよ」

回答は棚に上げることにして質問に質問で返した。なんであれ四ノ宮さんはお客さん。お客さんの好きなものを提供するのが家主の務めだろう。知らんけど。

「実は私、一度食べてみたい物があるんですけどいいですか⁉　いいですよね⁉　庵野君の答えは聞きません！」

「それなら初めから俺に聞くなよな⁉」

わがままだとか自分勝手とかの領域ではない。これは自分の意見は絶対に通ると考えている独裁者の思考だ。泣こうが喚《わめ》こうが結果は変わらない。なんて理不尽なんだ。けれどそれをため息一つで許してしまいたくなるのが四ノ宮リノアという女の子でもある。

「私、ジャンクフードというものを食べてみたいんです！」

「……はい？」

突然何を言い出すんだこのお嬢様は。

「私は生まれてこの方、父と母に身体《からだ》に悪いという理由でジャンクフードを禁じられてき

たんです。ですからこの機会に食べてみたいなぁと……！」

「な、なるほど……」

ぐいっと顔を近づけながら力説してくる四ノ宮《しのみや》さんの圧力に負けて俺は思わず後ずさる。

近づかれてふわりと甘くていい香りが漂ってきてドキッとしたわけではない。

「でも庵野《あんの》君がどうしても手料理がいいとおっしゃるのなら話は別ですけどね？　ちなみに私の好きな食べ物はハンバーグです」

「俺が作る前提かよ!?　そこは漫画みたいに『私が作ってあげますよ！』って言うところだと思うんだけど!?」

「男子厨房《ちゆうぼう》に入らずはもはや時代錯誤ですよ、庵野君！　今は共働きが当たり前。つまり庵野君が手料理を振舞ってくれてもおかしくないんですからね！」

「っぐぐ……！　こういう時だけ無駄に正論を言いやがって……！」

俺がうめくと四ノ宮さんは勝ち誇ったように胸を張ってどや顔をする。その顔が子供っぽくて可愛《かわい》くて毒気が抜けていく。

「ハァ……わかったよ。それじゃ今日はこのまま解散しよ――」

「庵野君のお家《うち》で打ち合わせをしてジャンクフードで夕食会です！」

悲しいかな、俺の主張は上から塗り潰《つぶ》されてしまった。そんなに食べたいなら放課後に友達と行けばいいのではないだろうか。そのことを聞いてみると四ノ宮さんは哀愁を帯びた笑みを浮かべる。

「友達、ですか。そうですね……行けたらいいんですけど中々難しいんですよ」

「そうなのか？　四ノ宮さんの一言でみんなついて来るんじゃないか？」

普通に喜び勇んで来るんじゃないだろうか。ファンクラブの連中に言えばそれこそ一発のはずだ。ただしその場合、親衛隊を含めた会員達による血を血で洗う争いが勃発しそうではあるが。

「確かに周りにいる人達は皆さんいい人達なので言えば来てくださるかもしれませんが、それが友達と呼べるのかと言ったらそれはまた別の話です」

「……？」

ますますわからない。毎日教室で楽しそうに話しているクラスメイトは四ノ宮さんにとって友達ではないということなのだろうか。

「こんなことを言ったら相手に失礼かもしれませんが、話しているからと言ってそれがイコール友達にはなりませんよ。特に相手の真意が透けて見えていればなおのことです」

「……なるほど、そういうことか」

「私、こう見えても警戒心が強くて人を簡単に信用しない冷たい女なんです。幻滅しましたか？」

そう言って自嘲気味に笑う四ノ宮さん。まるで自分の感覚が普通ではないと考えているようだが何も特別なことではないと俺は思う。

「幻滅なんてしないよ。むしろそれでいいんじゃないか?」

「……え?」

俺の答えが相当意外だったのか四ノ宮《しのみや》さんはその場で立ち止まる。そんなに驚くことじゃないだろうと心の中で苦笑いしつつ持論を話す。

「四ノ宮さんと同じで、俺も友達だって思っているのは新《あらた》くらいだからな。カメラをやっていることだってあいつにしか話していないし」

もしここにその友人がいたら『お前は元々話す人間が少ないだろう』とツッコミを入れてきそうだが今はいないので棚に上げて考えないことにする。

「自分のことを洗いざらい話せるくらい信頼できる奴《やつ》なんてそうそうできやしないって。それこそ死ぬまでに両手で数えられるくらいになればいいんじゃないか?」

「フフッ。確かにその通りかもしれませんね。庵野《あんの》君もたまにはいいことを言うんですね」

一言余計なんだよ、と言いたいところではあるが事実なのでグッと飲み込む。四ノ宮さんに明るさが戻ったことを喜びつつ、仕返しに上から目線のアドバイスを送ることにした。

「まぁあれだな。今からでも全然遅くないから一人くらいは友達だって思える人を作ることだな。そうすればジャンクフードも食べに行き放題だ」

「それなら心配には及びません。たった今、友達と呼べる人が出来ましたから。これからはその人と一緒にいる時間を増やそうと思います」

「……ちなみに教えてほしいんだけど。その相手っていうのはまさか――――？」

「フフッ。さて、誰のことだと思いますか？　是非推理してみてください。答え合わせはしませんけどね！」

満面の笑みを浮かべながら四ノ宮さんは俺の手を取って走り出す。放さないようにギュッと力強く握られてしまって振りほどくことが出来ない。

「さぁ、行きますよ庵野君！　急いで帰って何を食べるか打ち合わせです！」

「打ち合わせは撮影会をどうするかだからな⁉　ご飯を食べるのがメインじゃないからな⁉」

「細かいことは気にしない！　お家《うち》に向かってレッツラゴーです！」

人混みを無視して勢いよく駆け出す四ノ宮さん。急に走ったら危ないとか本来の趣旨を忘れるなとか言いたいことは山ほどあるが、握られた彼女の手から伝わってくる温《ぬく》もりが心地よくて俺は何も言えなかった。

それだけならまだしも。ほんの一瞬、こうして四ノ宮さんと過ごす時間がもっと続いてほしいなという考えがよぎり、口角が上がってしまった。

このままではいけない。どこかで主導権を奪わないとファンクラブに入会を検討するレベルで沼に落ちていく自信がある。そうなってはいけない。心を強く持て、庵野巧《たくみ》。

だがこの決意も虚《むな》しく。家に帰ってからも四ノ宮《しのみや》さんのペースに押され続けてしまった。撮影のイメージを固めるためにいきなり水着に着替えようとしたり、ピザパーティーがしたいと言い出して電話をかけようとしたり。それはもう散々な目にあった。

けれど久しぶりに誰かとわいわいと騒ぎながら食べる夕飯は美味《おい》しくて、またこうして一緒に——と思ってしまったのは内緒の話だ。

第４話：パーカーと競泳水着

四ノ宮さんと秋葉原《あきはばら》で目当ての競泳水着を調達して打ち合わせをしたところまではよかったのだが翌日に撮影を行うことはできなかった。

打ち合わせもしてあとは撮るだけだったのだが、当日の朝に四ノ宮さんから『申し訳ありません。今日は無理になってしまいました』と申し訳なさそうな顔文字とともに連絡が来た。スタジオを借りていたわけでも合同撮影というわけでもないのでリスケする分には問題ない。

「なぁ、巧《たくみ》よ。たった今気付いたことを言っていいか？」

迎えた週明け。教室ではもうすっかり見慣れた光景――四ノ宮さんの周りに男女の人だかり――をぼんやりと眺めていたら新《あらた》が真顔になった。

「どうせくだらないことだと思うけど一応聞いてやる。何に気が付いたんだ？」

「くだらないことだと!?　そんなこと言うなら教えてやらないぞ!?」

「それなら別に教えてもらわなくてもいいや」

「どうしてだよぉおお!?　つれないこと言わないで俺の話を聞いてくれよぉ!!」

勿体《もったい》ぶるから断ったらこれである。朝からめんどくさい男だ。喚《わめ》くだけならいいが肩を掴《つか》んで揺らすのはやめてほしい。

「わかった！　わかったから聞いてやるからいったん落ち着け」

「そうだよな！　聞きたいよな！　まったく、最初から素直にそう言えよな！」

ガハハと笑いながらバシッバシッと叩《たた》いてくる新《あらた》に一瞬殺意にも似た感情を覚える。めんどくささに拍車がかかっている上に無駄に力が強いから痛い。

「ズバリ俺が気付いたのは——四ノ宮《しのみや》さんの笑顔だ！」

「……はい？」

「だから笑顔だよ、笑顔！　もちろんこれまでも可憐《かれん》で素敵だったよ？　でもどこか作り物っぽいというか演技っぽいところがあったんだよ」

「……なるほど？」

「でも今日の四ノ宮さんはなんか違うんだよ。具体的な言葉にしろって言われたらそれはそれで難しいんだけど……なんていうかな、自然体っていうのかな？　聖女感が増したというか、とにかく魅力が倍になっているんだよ！」

さすがファンクラブ会員と褒めるべきか観察しすぎだろうとドン引きするべきか。どちらにしてもほんの些細《ささい》な変化によく気付くものである。俺か？　もちろん気付いていたに決まっているだろう。というか倍はいくら何でも言い過ぎだろう。

「この土日で何があったんだろうな？　ま、まさか好きな人か……ももも、もしくはかかか彼氏ができたんじゃ……!?」

壊れたゼンマイ人形のように口が回らなくなる新。笑顔から演技っぽさがなくなっただけでどうしてその答えにたどり着くのか甚だ疑問だ。

「なぁ、巧《たくみ》はどう思う!?　四ノ宮さんに彼氏ができたと思うか!?」

「どうしてそういう話になるんだよ……というか少し声を抑えろ」

「女の子に変化があったら恋をしたって相場が決まっているんだよ！　いいか、巧。これは前代未聞の一大事だ。もし本当に四ノ宮さんに交際報道が出たら大パニックだ！」

恋愛禁止の超絶売れっ子アイドルのスキャンダルじゃあるまいし、一介の高校生に過ぎない四ノ宮さんに恋人ができたくらいでそんな騒ぎにはならないだろう。多分、きっと、maybe。

「ここはクラブ会員に伝達して早急に調査をしねぇと手遅れになる！　巧、お前も協力して――」

「今日も朝から楽しそうですね、庵野《あんの》君」

「……おはよう、四ノ宮さん。別にいつも通りの代わり映えのしない朝だよ？」

噂《うわさ》をすればなんとやら。くだらない会話をしていたら四ノ宮さんが柔和な笑みを浮かべながらやって来た。

「そうですか？　そう言う割には随分と愉快な話をされていたようですが？　確か……私に恋人ができたんじゃないかとかなんとか？」

顔は笑っているのに目は笑っていないという一番怖い表情を向けられて、さっきまで鼻息を荒くしていた新《あらた》は立ち上がり、ビシッと背筋を伸ばして宣誓の言葉を述べる。

「おはようございます、四ノ宮《しのみや》さん！　神に誓って俺と庵野《あんの》は下世話な話はしていません！　安心してください！」

「それならいいんです。ただ変な噂《うわさ》が流される前にちゃんと訂正させてください。私に恋人はできていません。よろしいですね、九鬼《くき》君？」

「は、はい……！　承知いたしました！　わざわざ回答いただきありがとうございます、姫」

非礼を許してくれた主《あるじ》の寛大さに深々と頭を下げる親友。

ちなみに姫というのは四ノ宮リノアファンクラブでの四ノ宮さんの呼び名である。生で本人に言っているのを初めて聞いた。

「わかっていただけたなら何よりです。仲がよろしいのは結構ですが、そろそろ朝のホームルームが始まる時間ですので席に戻った方がいいと思いますよ？」

「はいいいっっっ！　そうさせていただきます!!」

友人への別れの挨拶もなしに新は脱兎《だっと》の如《ごと》く自分の席へと逃げ去っていった。その背中を恨みがましく睨《にら》みつけながら、不穏な空気を全身から醸し出している隣人にどう対処するか考える。

「まったく。朝から何を楽しそうに話しているのかと思えば……もう少し有意義な話はできないんですか？」

「一つだけ言わせてくれ。この件に関して俺は無罪だ。否定も肯定もしていない。全て新が一人で話していただけだ」

「ちゃんと『そんなことはないと思うけどな』と否定していたら無罪判決でしたが何も言っていないのではダメですね。きっちりばっちり有罪です」

「相変わらず理不尽が過ぎるな」

重たいため息を吐《つ》く俺を見てクスクスと笑う四ノ宮さん。聖女感が増したとか嘘《うそ》だ。俺から言わせてもらえばクソガキ感に拍車がかかっている。

なんて本人に聞かれたら怒られること間違いなしのことを考えていたら胸ポケットにしまっていたスマホがブルッと震動した。どうやらメッセージが届いたようで、差出人は他でもない四ノ宮さん。わざわざどうしてと思いながら中身を確認する。

『お昼休み、誰にも気付かれないように屋上に来てください』

と書かれていた。俺は目立たない人間なのでこっそり屋上に行くことはできるが、廊下を歩けばすぐに囲まれる人気者の四ノ宮《しのみや》さんには無理ではなかろうか。

『私のことは気にされなくて大丈夫です。完璧な作戦を考えてありますから』

心の中を読んだのか、俺の不安を打ち消すようなメッセージが続けて届いた。世の中に完璧なものはないし、むしろ自称完璧ほどガバガバであるのがお約束だ。

『わかった。昼休みになったらダッシュで屋上に行くよ』
『隠れるための段ボールはありませんのでくれぐれも気を付けて』

そう返事が来たのと勢いよく扉が開いてみこ先生が誰よりも元気よく入って来たのはほぼ同時。俺は午前中の授業を使って蛇の名を冠した特殊工作員のように誰にも気付かれずに屋上に行くルートを考えることにした。

＊＊＊＊＊

「ずいぶん遅い到着でしたね、庵野《あんの》君」

「これでも急いで来たつもりだったんだけどな……」

　迎えた昼休み。散々考えた結果、びくびくするより堂々としていた方が逆に不自然ではないのではという結論に至った俺は新《あら》たの誘いを無視して猛ダッシュで屋上に向かった。事前に立てた計画が上手《うま》くいく保証はないのだ。

「四ノ宮さんが早すぎるんだよ。誰もいないし、いったいどうやって目立たず屋上まで来たんだ？」

　周囲を見渡すと俺達以外には誰もいない。喧騒《けんそう》とは程遠い、人払いの結界でも張ったのかと思うくらい静かだ。

「フフッ。簡単なことです。午前中最後の授業はなんであったか思い出してみてください」

「ん？　午前中最後の授業は体育だろう？　それがどうかしたのか？」

　これから一週間が始まる憂鬱な月曜日に過酷な運動を強いる体育を時間割に組み込むのはやっていいことではない。健全な精神は健全な肉体に宿るとは言うけれど、せめて精神的に疲れてくる週半ばに設定してほしかった。

「体育の授業は着替えの時間もあるので通常の授業より終わるのが早いですよね？　それを利用して私は解散の合図と同時に急いで更衣室に向かったんです」

その後は言わずもがな。チャイムが鳴る前に着替えを済ませて教室へ戻り、そのままの勢いで鞄《かばん》を持って屋上まで来たとのこと。そこまでして四ノ宮《しのみや》さんは昼休みに何がしたいのか。

「唐変木な庵野《あんの》君のことです。なぜ私がこんなことをしたのかわからず気になっていることでしょう」

「……俺からしたら四ノ宮さんの行動が謎すぎて怖いんですけどね？」

誰が唐変木だ。せめて察しが悪いとかにしてくれ。

「今回は特別に答えを教えて差し上げましょう。ズバリ――これです！」

「まさかそれは――!?」

そう言って鞄の中から取り出したのは可愛《かわい》らしいピンクの布に包まれた直方体の箱。これはもしかしてかの有名な都市伝説の――？

「そうです、私の手作りのお弁当です！　日ごろからお世話になっている庵野君のために作ってきました！」

手渡されたそれを俺は震える手で恐る恐る受け取る。こんなに緊張するのはカメラを持って初めてコスプレイベントに参加した時以来だ。俺の人生で女の子にお弁当を作ってもらえる日が来るなんて。

「ありがとう、四ノ宮さん。朝から作るの大変だったんじゃない？」

「すごく大変でした！　と言いたいところですがほとんど昨晩のうちに作っておいたので詰めるだけの簡単な作業でしたよ」

「それでも作る手間とかかかっただろうに……もしかして撮影会をリスケしたのはこれのため？」

「いいえ、リスケの件とお弁当は関係ありません。ちょっと色々ありまして……そんなことより早く食べましょう！　ちんたらしていたらお昼休みが終わってしまいますよ？」

言われて時間を確認すると、午後の授業の開始までに十分を切っていた。確かにこの調子でのんびりお喋《しゃべ》りしていたら昼飯抜きで後半戦を戦わなければならなくなる。それは育ちざかりにとってあまりに過酷だ。

「まぁ庵野君が？　私が感謝を込めて作ったお弁当を食べたくないと言うのなら話は別ですけどね？」

「いや、誰も食べないなんて一言も言っていないんだが？」

「せっかく頑張って早起きして作ったのに……庵野君は酷《ひど》いです」

顔を両手で覆いながらしくしくとわかりやすい泣き真似《まね》をする四ノ宮さん。指の隙間からチラチラと俺の様子を見るんじゃない。

「ふざけるのもその辺にしておかないと本当に時間が無くなるぞ？」

「むぅ……庵野君、ちょっとリアクションが淡白になっていませんか？　もう少し私との会話を楽しもうって気はないんですか？」

「これでも十分楽しんでいるんだけどな？　そうじゃなかったらわざわざ屋上まで来ていないって……」

密会していることがバレたら面倒では済まない。それでも危険を冒して俺がここに来たのは言うまでもなく、四ノ宮《しのみや》さんと過ごす時間が心地いいからに他ならない。まぁ断るという選択肢が存在しなかったのも大きな理由の一つではあるのだが。

「ありがとうございます。私も庵野《あんの》君と話すのは好きですよ」

「……そいつはどうも」

柔らかい笑みを浮かべながら言われたせいで妙な恥ずかしさを覚えた俺は、それを悟られないように視線を弁当箱に移して紐《ひも》を解《ほど》いてふたを開ける。

中に入っていたのは男の子の好きなおかずランキングで不動の一位のから揚げと卵焼きという最強のセット。付け合わせとしてきんぴらごぼうもある。確かに前日に仕込みを終わらせていないとこれを作るのは大変だ。

「いただきます」

「どうぞ、召し上がれ」

四ノ宮さんに見守られながら箸をつける。まずは何と言ってもから揚げから。しっかりと醬油《しょうゆ》と生姜《しょうが》が染み込んでおり、冷めているがカリッとした食感は残っている。これはご

飯が進む。

「えっと……お口には合いましたか？」

「…………」

卵焼きはふわふわとした口当たりで甘じょっぱく、高級料亭で出されても遜色はないだろう。きんぴらごぼうは薄く細切りにされているのにパキッとしている。味も濃いのでおかずとしても最適だ。

「あ、あの……黙ってないで答えてください。味付けは大丈夫ですか？　ちゃんと美味《おい》しいですか？」

不安そうに尋ねてくる四ノ宮《しのみや》さん。しまった、食べることに夢中になっていてすっかり答えるのを忘れていた。

「大丈夫だよ。どれもすごく美味しくて食べるのが勿体《もったい》ないくらいだ」

「ふぅ……庵野《あんの》君のお口に合ってよかったです。何も言わないので不安になっちゃいましたよ」

「ごめん、ごめん！　美味しかったのもあるけど誰かの手料理なんて久しぶりに食べたからなんか感動しちゃってさ」

仕事で毎日忙しくしていた母さんの手料理を最後に食べたのはいつだっただろうか。そもそも家族揃《そろ》っての食事も一年はしていない。今年の年末は帰って来てくれたらいいのだが。

「もう、いくら何でも大袈裟《おおげさ》ですよ。私でよければこれから毎日お弁当を作ってきてあげますよ？　庵野君さえよければですけど……」

「ハハハ。嬉《うれ》しいけど気持ちだけ受け取っておくよ。さすがに申し訳ないし、何より今日みたいな密会を毎日するのは無理がある」

たまたま昼休み前が体育だったからよかったものの、普通の授業だったらこうはいっていない。むしろ廊下をダッシュで走って階段を駆け上がる四ノ宮さんが目撃されたら120％怪しまれる。

「確かにこのまま密会を続けるのは不可能でしょう。ですが庵野君、この問題を一発で解決する方法があるのをご存知《ぞんじ》ですか？」

「ほぉ……？　そんな画期的な方法があるならぜひともお聞かせ願いたいものだな」

それは地球温暖化を止める機器の発明に成功しただとか、この世から争いをなくす方法を思いついただとか、そういったことと同じくらいありえない話だ。

「甘いですね、庵野君。ありえないなんてことはありえないですよ？　つまり密会を密会でなくしてしまえばいいんです」

「珍しく勿体ぶるんだな。密会が密会じゃなくなったらただの仲睦《むつ》まじい男女の昼休みってことになるぞ？」

「あら、珍しく察しがいいですね。つまり私と庵野《あんの》君が恋仲であると公表すればいいんです！」

「名案みたいに言っているところ申し訳ないが、そんなことをしたらこの校舎に死体が一つ転がることになるからな？」

そんな嘘《うそ》を流布した日には俺の居場所どころか命がなくなる。しかも四ノ宮《しのみや》リノア親衛隊によって壮絶かつ惨《むご》たらしい拷問を受けた末の悲惨な死だ。

「大丈夫ですよ。その時は私がちゃんと守ってあげますから。『私の大切な庵野君に酷《ひど》いことしないでください！』って。どうでしょうか？」

「どうでしょうか？　じゃない。朝の会話を忘れたのか？　新《あらた》ですら勝手な妄想を繰り広げてパニックになっていたんだ。それが妄想じゃなくて現実になったらどうなるかなんてちょっと考えればわかるだろう!?」

「むぅ……妙案だと思ったんですけど……どうしてもダメですか？」

「ダメに決まっているでしょうが！　そもそも四ノ宮さんは嘘とはいえ好きでもない男と付き合えるの？」

俺の命が失われるのはいったん棚に上げるとして。この作戦の致命的な部分はここである。友達ならまだしもそれを一足飛びにして彼氏彼女の関係とするのはいくら何でも飛躍させすぎだ。

推しに抱く感情と恋愛感情は違うのだ。そんな軽く済ませていいものではない。中にはお試しで付き合ってみるという人達もいるが、少なくとも俺にはできない。

「私は庵野君ならいいかなって思ったので提案したんですけど……そうですよね、私なんかじゃダメですよね」

そう言って悲しそうに肩を落とす四ノ宮さん。まさかすぎる反応に俺の脳が一瞬でクラッシュする。てっきりいつものおふざけかと思っていたのにもしかして本気で言っているのか。オーバーヒートを起こしている頭で必死に考える。

「あぁ……いや、別に四ノ宮さんがダメってわけじゃないよ？　むしろ光栄というか俺でいいのかって逆に聞きたいというか……」

「…………」

俺の弁明も虚《むな》しく四ノ宮さんは俯《うつむ》いたまま。さらにぷるぷると小刻みに肩を震わせ始める。もしかして泣いているんじゃないだろうな。こんな時、なんて言葉をかけたらいいのかわからない。

「……フ、フフフッ」

「し、四ノ宮さん？」

どうしよう、と慌てふためいていたら不意に笑い声が聞こえてきた。まるで限界まで堪《こら》えていた堤防が決壊したかのように。

「フフフッ。もう！　冗談ですよ、冗談！　そんなに真に受けないでください」

「……なんですって？」

「ちょっと庵野《あんの》君をからかってみたくなっただけですよ。さすがに毎日お弁当を作るのは大変ですし、そのために嘘《うそ》を吐《つ》くのがよくないことくらいわかっていますって」

アハハハと呵々大笑《かかたいしょう》しながらバシバシと俺の肩を叩《たた》いてくる四ノ宮《しのみや》さん。どうやらというかやっぱりというか、またしても俺はこの似非《えせ》聖女様の玩具《おもちゃ》にされたようだ。

「男の純情を弄ぶのはよくないと思うぞ？」

「ですから今回はちょっぴり反省しています。まさか庵野君が狼狽《ろうばい》するとは思いませんでした。私に演技の才能があるってことでしょうか？」

「それはまぁ……あると思うよ。飛び切りの才能がね」

それは何も今の嘘泣きに限った話ではなく、撮影会のシチュエーションと役に没頭した時の四ノ宮さんは凄《すさ》まじかった。あの瞬間はトップレイヤーのユズハさんすら凌《しの》いでいたと思う。

「ありがとうございます。庵野君にそう言っていただけると自信になります」

「だからと言ってこういう冗談はこれっきりにしてくれよな？　心臓に悪すぎる」

「お約束はできませんが善処しますね、とだけ言っておきます」

言いながら四ノ宮さんはキラッと星が煌《きら》めくようなウィンクを飛ばしてくる。可愛《かわい》い仕草をしたら何もかも許されると思っている節があるので、いずれどこかで説教をしないといけない。ただ悲しいかな、今まだその時ではない。

「やっぱり庵野君とお話しするのは楽しいですね。明日もお願いしてもいいですか？」

「俺との会話は予約制なのかよ。別に構わないけどせめて学校にいる時は目立たないように気を付けような？」

　隣の席なのでまったく会話をしないのは逆に不自然だが、かといって休み時間に大きな声で話していたらそれはそれで悪目立ちしてしまい、親衛隊の粛清対象となりかねない。

「わざわざ放課後まで学校に残るのも変な話ですしね。あっ、それなら――」

「放課後は庵野君の家に集合で！　とか言うんじゃないよな？」

「どうしてわかったんですか⁉　まさか私の心を読んだのですか⁉」

　信じられないと目を見開く四ノ宮さんに俺はわからないわけないだろう、とため息混じりにツッコミを入れる。

「気兼ねなく話をするのに打って付けの場所だからな。まぁだからと言って、どうぞいつでも来てくださいとは言わないけどな」

「むぅ……庵野君は何だったら許可してくれるんですか？」

　ぷくぅと頬《ほお》を膨らませて拗《す》ねる四ノ宮さん。本音を言えばいつでもウェルカムではあるものの毎日入り浸られたらこの人なしじゃダメな身体《からだ》にされそうで怖い。ただ同じくらい可愛《かわい》いフグ顔でじっと見つめられるのも困るのだが。

「さ、撮影の時に来るだろう？　それでいいじゃないか」

「その撮影のために親睦を深める必要があると思うんですが⁉　思うんですが⁉」

一転して四ノ宮《しのみや》さんがぐいっと身体《からだ》を寄せてくる。鼻先がくっつきそうなほどの至近距離はまずい。何ならむにゅっとたわわな果実も当たっているので理性にも悪い。しかも一部とはいえ生のそれを見ているので無駄に想像が捗《はかど》ってしまう。

「何なら昨日できなかった撮影を今日やりませんか？　そのために水着なら持ってきていますから！」

「どうしてあれを学校に持ってきているんだよ⁉」

まさかと思うが最初からそのつもりだったんじゃないだろうな。

「どうしても何も、今回のシチュエーションが〝放課後、気になるクラスメイトの男の子の家で翌日の水泳の授業で着る水着を披露するのだが……？〟だからですよ！　その状況にあわせて撮影するなら準備しておくのは当然では？」

ぐうの音も出ないとはまさにこのことだ。この状況を再現するには休日の、ましてや昼過ぎではダメだ。窓から差し込む夕暮れを浴びながら恥ずかしそうに水着を披露する。俺が求めるのはそういう写真だ。

「それとも庵野《あんの》君は撮りたくないんですか？　もしそうなら盗撮されたことをみんなに

「──────」

「だから嫌だなんて言ってないだろうが!?　放課後、家に来て撮影会をしよう！　むしろ撮らせてください、お願いします！」

「フフッ。最初から素直にそう言えばいいんですよ。庵野君は本当にひねくれ者なんですからね。直した方がいいですよ？」

「ハッハッハッ！　残念でしたぁ！　俺は昔から通信簿に書かれるくらい素直でいい子って言われてましたぁ！　ひねくれ者って言うのは四ノ宮さんだけですぅ！」

決して好きな子にはつい意地悪したくなってしまう小学生ではない。事あるごとにからかってくる四ノ宮さんが悪いのだ。

「それってつまり私が庵野君の初めての相手になれたってことですね？」

「なんだろう、言い方に含みを感じるのは気のせいか？」

「私の初めては庵野君に貰《もら》われちゃったのでおあいこですね……」

「だから言い方がおかしいよな!?　あと顔を赤くするな！　真実味《しんじつみ》が増すだろうが！」

誰が聞いても誤解しか生まない上に、そんなことはしていないとわかっているのに頬《ほお》を朱に染めてモジモジとするのでこっちまで恥ずかしくなる。

「私をこんな風にした責任はちゃんととってくださいね、庵野君」

「……もう好きにしてくれ」

なんてがっくりと肩を落としながら発した俺の呟《つぶや》きは、昼休みの終わりを告げるチャイムによってかき消されたのだった。

＊＊＊＊

「なぁ巧《たくみ》。今日はこの後暇だったりするか？」

全ての授業が終わり、問題の時間がやって来た。部活に行く者。教室に残って友人とお喋《しゃべ》りする者。各自思い思いに過ごす中、帰り支度をしている俺の下に新《あらた》が神妙な顔つきでやって来て話しかけてきた。

「一日色々考えてみたんだけどな？　やっぱり俺……四ノ宮《しのみや》さんのことが気になるんだよ」

言いながらチラリと俺の隣の机に目をやる新。ちなみにその四ノ宮さんは終礼が終わると同時に笑顔を振りまきながら教室から出て行った。おそらくすでに校舎にはいないだろう。どこに向かったかは言わずもがな。

「今日はみんなして誤解を招く言い方をする日なのか……？」

「かかか、勘違いするんじゃねぇぞ!?　別に四ノ宮さんのことが好きとか告白したいとかそういうわけじゃないんだからな!?」

　往年のツンデレヒロインもビックリするであろう新の言い訳に思わず俺は苦笑いする。ここまで典型的なセリフを友人の口から生で聞く日が来ようとは。

「わかってるよ。どうせ朝の話の続きなんだろう？」

「さすが我が親友！　話が早くて助かるぜ！」

　喜色満面でバシッと肩を叩《たた》いてくる新。テンションが上がったらすぐ叩く癖を直してほしい。俺の身体《からだ》はサンドバッグじゃないんだぞ。

「ファンクラブのみんなと本当に四ノ宮さんに好きな人や彼氏がいないか議論しようと思ってよ。会員じゃないけど巧は隣の席だから是非とも参加してくれ！」

「お前、本気で言っているのか？　本人が否定しているんだから議論も何もないと思うんだが？」

「それこそ本気で言ってんのかって話だぜ！　お前は週刊誌に密会をすっぱ抜かれたアイドルの『あの人とはただのお友達です』って言い訳を鵜呑《うの》みにするって言うのか!?　しねぇよなぁ!?」

「それはまぁ……そうだけど……かと言って四ノ宮さんが否定しているのにむやみやたらと詮索するのはよくないんじゃないか？」

　秘密にしたいことの一つや二つ、誰にだってあるものだ。俺の場合だったらカメラマンをやっていることがこれに該当する。ましてや新達《あらた》がやろうとしているのは四ノ宮《しのみや》さんのプライベートを暴こうというもの。決して気持ちのいいものではない。

「ファンなら時には見守るってことも大事だって思うけどな」

「た、確かに一理あるけどよぉ……でもやっぱり気になる――ってどこに行くんだよ、巧《たくみ》！」

支度が終わったので立ち上がり、鞄《かばん》を肩に引っ掛けて教室を出ようとする俺の肩を新が慌てて掴《つか》んでくる。

「悪いな、新。今日は用事があるんだ。どんな結論が出たか明日にでも教えてくれ」

「ちょ……待てよ、巧！　お前がいないと会議は始まらないんだよ！」

それじゃ、と言って新を振り切って教室を後にする。背後から親友の悲痛な叫びが聞こえてくるが全部無視だ。そもそも参加者が一人いないくらいで開催が危ぶまれる会合なんてやめてしまえ。

「ハァ……恐るべしだな、四ノ宮リノアファンクラブ。まさか尾行なんてことはしていないよな？」

重たいため息を吐《つ》きながら校舎を出る。クラスメイトを疑いたくはないがプライベートを詮索しようとしているので犯罪すれすれのことをする奴《やつ》が現れてもおかしくはない。

まぁ実際にそんなことをしたら退学どころの騒ぎじゃなくなるが、そこまでして知りたいと思う魅力が四ノ宮さんにはある。

「……俺も気を付けないとな」

今はただの隣の席の男子という枠組みなのでこれっぽっちも疑われていないが、油断すれば即死に繋《つな》がる環境でもある。慎重に立ち回らなければ。

そんなことを考えながら帰宅の途に就く。学校から自宅まで電車でおよそ三十分。遠くもなければ近くもない距離だが乗り換え不要なのは地味にありがたい。

『庵野《あんの》君、今どこですか？　私はもう駅に着きました！』

ぼんやり電車に揺られていたらスマホに四ノ宮さんからメッセージが届いた。彼女がどこに着いたかというのはあえて言うまでもないことだが、現在進行形で俺が向かっている場所である。

『あと十分くらいで着くから少し待ってて』

『わかりました。早く来てくださいね？』

放課後。急遽《きゅうきょ》リスケしていた二回目の撮影会を実施することになったわけだが。ここで問題となったのは屋上での密会と同じで如何《いか》に気付かれないようにするか。

一緒に帰ればいいのでは？　と授業中にこっそり四ノ宮《しのみや》さんに言われた時は変な声が出そうになって怪しまれるところだった。

筆談の結果、シンプルに別々に学校を出て俺の自宅の最寄り駅で落ち合うという案に決まった。というかこれ以外にないと言った方が正しい。

俺が駅に着くや否や改札を出たところで四ノ宮さんが待ち構えており、何故《なぜ》か頬《ほお》を膨らませながら近づいて来る。

「遅いですよ、庵野《あんの》君。私のすぐ後の電車に乗るように言ったじゃないですか。いったい何をしていたんですか!?」

「今週は掃除当番だから学校を出るのは遅くなるって言ったよな？　しかもこれでもだいぶ急いで来たんだぞ？」

開口一番問い詰めてくる四ノ宮さんに、俺は心の中で勘弁してくれと愚痴を零《こぼ》しつつ言い訳を述べる。あと苦情なら俺ではなくて帰ろうとしたところを止めてきた新《あらた》にこそ言ってほしい。あれがなければ二本は早い電車に乗ることが出来たはずだ。

「やっぱり私のお手伝いをして一緒に来た方がよかったですね。庵野君を待っている間、一人で色々大変だったんですよ？」

「大変だった？　そりゃいったいどういう――ってまさか!?」

懸念していたことがすでに起きていたというのか。頭の中で警報が鳴り響き、周囲を見回して警戒する。

「どうしたんですか、庵野君？　急にキョロキョロとし始めて……お化けでも見えたんですか？」

「ある意味お化けみたいなものかもしれないな。そんなことより、何が大変だったか教えてくれないか？」

「あぁ……大変だったというのはつまりあれです、庵野君と別れて合流するまでのおよそ一時間、時間を潰《つぶ》すのが大変だったということです」

「……なんだ、そんなことか」

一大事という雰囲気だったのでストーカーが現れたのかと焦ったのだが、単に暇つぶしの手段がなかっただけか。拍子抜けとはまさにこのことだ。

「なんですか、その反応は？　待ちぼうけを食らった身にもなってください！　ぼぉーっと待つのも苦痛なんですからね!?」

「はいはい、それは大変申し訳ございませんでした。何かあったのかと思ってちょっとでも心配した俺が馬鹿だったよ」

驚かせないでほしい。四ノ宮さんの身に何かあったら一人で行かせてしまったことを後悔するところだった。

「なるほどぉ……庵野《あんの》君はよからぬ想像をしたわけですね？　エッチな本に描かれているようなことが起きたとか考えちゃったんですか？」

「よし、無駄話はこの辺にして家に行こうか。のんびりしていたらあっという間に夜になっちゃうからな！」

「庵野君はどんなことを想像したんですか？　今後の参考にしたいのでぜひ教えてください！」

　無駄に目をキラキラとさせながらクイクイと袖を引っ張ってくる四ノ宮《しのみや》さんを努めて無視をして俺は家に向かって歩き出す。俺の妄想を聞いたところで何の参考にすると言うのか。

「なんで無視するんですかぁ？　もしかして顔を合わせられないくらいエッチなことを考えちゃったんですか？　庵野君はむっつりなところがありますよね！」

「そろそろ口を閉じようかぁ!?　俺のことを何だと思っているんだよ！　クラスメイトに対してそんなことを考えたりするわけないだろうが！」

「えぇ……私のあられもない姿を何枚も写真に撮っておきながら全く考えないんですか？　もしかして魅力がないってことですか？　そうだったら女としての自信がなくなっちゃいますよ」

　しゅんとして肩を落とす四ノ宮さん。ジェットコースターさながらのテンションの乱高下に頭が痛くなる。

「大丈夫。四ノ宮さんは十分すぎるくらい魅力的だから。わざわざ言わせないでくれ」

顔が熱い。改めて口にすると恥ずかしいな。四ノ宮さんの顔を直視できない。悟られないように歩くスピードを速める。

「えへへ……ありがとうございます。それじゃこの後は飛び切りの写真が撮れるように頑張りますね！」

テコテコと俺の前に走って出た四ノ宮さんが、くるっと振り返りながら飛び切りの笑みを向けてくる。俺の馬鹿野郎。どうしてスマホを手に持っていなかったんだ。この瞬間を永遠の記録として残すことが叶《かな》わないことを悔やみつつ、忘れないように頭の中に全力で刻み込む。

「庵野君？　ぼぉーっとしてどうしたんですか？」

俺が見惚《みと》れていたら四ノ宮さんがズイッと距離を詰めて来て、俺の顔を下から覗《のぞ》き込んでいた。その上目遣いの破壊力に心拍が上昇する。

「な、何でもない！　ほら、さっさと行くぞ！」

「あっ！　もしかして私の笑顔に見惚れちゃったんですか？　照れちゃっているんですか？　どうなんですか!?」

せっかくの感動をちゃぶ台をひっくり返すかの如《ごと》く台無しにする四ノ宮さんのクソガキ

ムーブ。これ以上街中で騒いでいたら近所のみなさんに迷惑かつ噂《うわさ》になってしまうので俺は全力で走って逃げる。

「ちょっとぉ！　置いて行かないでくださいよぉ！」

庵野《あんの》君の意地悪ぅ、と言う四ノ宮《しのみや》さんの半笑いの嘆き声を背中で聞きながら楽しく家に帰るのだった。

＊＊＊＊

「それじゃ四ノ宮さん。着替える前に今日の撮影のおさらいをしようか」

訪問も三度目ともなれば緊張することはなく、リビングで一息吐《つ》きながら撮影前の最後の打ち合わせを行う。

「今日のシチュエーションは〝放課後、気になるクラスメイトの男の子の家で翌日の水泳の授業で着る水着を披露するのだが……？〟でいいんだよな？」

「はい。制服の下に水着を着ているので脱いでいって男の子をドキドキさせるっていうイメージです」

「場所はまた俺の部屋でいいとして。制服を脱いで競泳水着の写真を撮った後はどうしようか？」

「そうですね……お風呂場をお借りしてシャワーを浴びるというのはどうでしょう？　素材の質感も出ていいのでは？」

悪くない。今日はあくまで四ノ宮さんが上江洲《うえず》店長から譲ってもらった試作品。着た状態で水に濡《ぬ》らした時にどう写るか確かめる意味でもシャワーを使うのはありだ。試作品故に透けたりしないか不安ではあるが。

「それに水着を着てお風呂に入るってなんか背徳感というか、そこはかとなくエッチな香りがしませんか？　絶対何か起こりますよね！」

「思春期男子じゃないんだから妄想して鼻息を荒くしないでくれ。そんなこと言ったら採用したくてもできなくなる」

まだ見ぬ自分を見たいと言うわりにはそっち方面に思考が偏りすぎな気がするが、自分を晒《さら》け出すという意味では理に適《かな》っている気もするので、付き合う身としては困ったものである。

「まぁ冗談はさておいて。部屋での撮影が終わったらシャワーを浴びる写真も撮ろう。他に何か希望はある？」

「そうですね……脱いだなら服を着ないといけないので生着替えを撮るというのは？　ド

アの隙間から隠し撮りをするイメージです」

「……本気で言っているのか？」

「本気じゃなかったら提案しませんよ。そろそろ庵野《あんの》君も隠し撮りがしたいんじゃないですか？」

そう言ってニヤリと笑う四ノ宮《しのみや》さん。最後の言葉だけを切り取ると俺がかなりヤバイ性癖の持ち主だと誤解を招きかねないのでやめていただきたい。

「俺は別に隠し撮りが好きなわけじゃないからな？」

「あら、そうなんですか？」

信じられないと言わんばかりに四ノ宮さんが疑惑の視線を向けてくる。たった一回過ちを犯しただけで性癖みたいに言われるのは心外だ。

「そうなんです！　あれは本当にたまたま、偶然、一時の気の迷いってやつです」

「もう、庵野君は天邪鬼《あまのじやく》さんですね。隠し撮りがしたくなったらいつでもこっそり撮ってくれていいですからね？」

「それはもはや隠し撮りって言わないと思うんだけど。まぁそんな話はどうでもよくて。次は前回の反省を踏まえて気を付けることだけど……覚えてるか？」

「えっと……なんでしたっけ？」

キョトンと四ノ宮さんは小首をかしげるので一気に不安を覚える。入学から現在に至るまで学年首席の座に君臨し続けるほどの頭脳の持ち主だというのに、ついこの間話したことを忘れるなんて。

「何に気を付けたらいいか教えてください、庵野君」

「ハァ……つまりあれだ、前回みたいにその場のテンションに飲まれないようにしようってことだ」

「あれれぇ？　そんなことありましたっけぇ？」

頭が痛い。この人はわかっていてすっとぼけている。わかっているなら自分の口で言ってほしい。

「フフッ、冗談です。わかっていますよ。いきなり服を全部脱ぐのではなく、徐々に中身を晒《さら》け出していくんですよね？」

「……正解です」

この前は四ノ宮さんのテンションとその場の流れに任せてしまった。おかげでいい写真は撮れたが想定以上に過激な撮影会になってしまった。

「今回は下に水着を着ているとはいえ、勿体《もったい》ぶるように脱ぐことを心掛けてほしい。その方がシチュエーションの男の子もドキドキすると思う」

「なるほど。つまり庵野君は焦《じ》らしプレイが好きってことなんですね？　フフッ。何を隠そう私もからかい、焦らして庵野君が悶々《もんもん》としているのを見るのが大好きです！」

「そういう話をしているんじゃないからな!? あと言っておくが、女の子がその場で服を脱いで下に着ている水着を見せてくれるシチュエーションが嫌いな男はこの世界にいないからな!?」

なお、異論は認めない。その相手が四ノ宮《しのみや》さんのような誰もが憧れる絶世の美女ならなおさらだ。正直撮影会じゃなかったら瞬《まばた》きする間もなく理性が吹き飛ぶ自信がある。

「ではここで一つとっておきの情報を庵野《あんの》君にお教えしましょう。実は……今日が私の高校生になってから初めての水着姿のお披露目《ひろめ》です」

「え、そうなのか？」

去年の夏に誰かとプールや海に行ったりしなかったのか、と考えたところで信頼できる友人がいないと言っていたのを思い出した。ちなみに我が高校にプールの授業はないので四ノ宮さんのスク水姿を拝める奴《やつ》は存在しない。

なんていう俺の思考を読み取ったのか、四ノ宮さんはテーブルから身を乗り出して顔を近づけてきて、

「私の水着姿を見られるのは庵野君だけですからね」

特別ですよ、と甘い声音の中にほんのわずかな照れをトッピングした声で囁《ささや》いた。ドクンッと心臓が大きく跳ねる。

「フフッ。それでは私はお風呂場に行って着替えてきますね。庵野君は撮影の準備をして

おいてください！」

「あ、うん……わかった」

「ドアは少し開けておきますが、覗《のぞ》いたらダメですからね？　絶対に覗いたりしないでくださいね？」

「そういうフリはいいからさっさと着替えに行ってこい！」

　押すなよ、押すなよというのは実は押せっていう意味のギャグじゃないんだ。見たくない、撮りたくないと言えば嘘《うそ》になるが、実行に移した時点で身の破滅なのがわかっていることをやるわけがない。俺は深いため息を吐《つ》きながらキャッキャウフフとスキップしながら風呂場に向かう四ノ宮さんを見送った。

「ハァ……俺も準備するか」

　窓から差し込む夕日を背景にするので今回は逆光での撮影になる。微調整は撮りながら行うにしても最低限の設定はしておく必要がある。

　父さんからお古のカメラを貰《もら》い、撮影を始めたばかりの頃は専門用語がわからなくて苦労した。光量やボケの具合をコントロールするF値、レンズの焦点距離、被写体との撮影距離、それらの要素が合わさって決まる被写界深度etc……。

　とにかく最初は意味がわからずチンプンカンプンだったが、こうしてなんとかなっているのは色々教えてくれた父さんと嬉《うれ》しそうに撮らせてくれた母さんのおかげだ。でなければユズハさんの専属カメラマンにもなれていないし、四ノ宮《しのみや》さんと自宅で撮影会をするような関係にもなっていない。

「帰ってきたらお礼しないとな……いや、その前に親の居ぬ間にクラスメイトの女の子を連れ込んだことに対する謝罪か？」

不純異性交遊的なことはしていないし、夫婦の寝室には立ち入らせていないので怒られるようなことはないと思いたい。

「たまには電話してみるのもありだな。そろそろ声も聞きたいし、何しているかも気になる」

自分が寂《さみ》しがり屋だとは思わないが、無駄に広い家に一人で暮らしていると精神的に辛《つら》くなる時があるのも事実だ。本気でペットを飼おうか考えたが、一人で面倒を見られる自信もなければお金もかかるので断念したのは記憶に新しい。だからこそ、四ノ宮さんと家で過ごす時間は騒がしくも心地よくて——

「……ヤバいな。色々と、本当に……」

「何がヤバいんですか、庵野《あんの》君？」

設定をいじりながらぼんやりしていたら突然背中から話しかけられた。慌てて振り返るとそこには四ノ宮さんが笑顔で立っていた。しかも何故《なぜ》か制服ではなくロングパーカーの格好で。スカートは穿《は》いておらず、もし下に水着を着ているとわかっていなかったら脳が

沸騰していたことだろう。

「えっと、四ノ宮《しのみや》さん？　その服はどうされたんですか？」

「これですか？　もちろん水着と一緒に自宅から持ってきたんです。それが何か？」

「わざわざ私服も持ってきたのかよ！　というか鞄《かばん》の中によく入ったな……」

「知らないんですか、庵野《あんの》君？　世の中には圧縮袋っていう便利なものがあるんですよ」

そんなものまで用意して学校に持ってきていたということは最初から今日撮影する気だったということか。それなら前もって言ってくれればよかったのに。まぁ四ノ宮さんのことだから俺を驚かせたいがために黙っていたのだろうが。

「それはそうと庵野君。カメラを持ったままぼぉーっとしていたようですが何を考えていたんですか？」

「は、はい!?　べ、別にやましいことは何も考えていませんがぁ!?」

いきなり話題が変わり、俺の口から素っ頓狂かつ上擦った声が出てしまった。

「私は何も言っていませんが？　まさか私がお着替えしている様子を妄想でもしていたんですか？　庵野君は本当にむっつりさんですね。思いを馳《は》せるくらいならお風呂場に来ればよかったのに」

ムフフと笑って煽《あお》ってくる四ノ宮さん。仮に俺がむっつりだとしたら四ノ宮さんは痴女ということになるがよろしいか。そんなに着替えているところを見てほしいなら本当に覗《のぞ》きに行くぞ、と心の中で逆ギレをする。

「庵野君は本当にからかいがいがありますね。このまま一緒にいたら私はからかい上手になってしまいそうです」

「ちょうど席も隣同士だしぴったりだな……じゃないんだよ！」

四ノ宮さんのボケに対して反射的にツッコミを入れてしまうのも弄ばれる原因になっていると思うが、止められないのは俺自身悪い気がしていないからだ。

「フフッ。そろそろ真面目に怒られそうなのでからかうのはこの辺にして。もしご両親が帰って来られたら教えてくださいね？　ちゃんとご挨拶がしたいので」

「別に気を遣わないでいいよ……ってちょっと待て。どうしてここで俺の親の話が出てくるんだ？」

「それはもちろん、庵野君が『そろそろ声も聞きたいし』って呟《つぶや》いているのが聞こえたからですよ。あっ、もし内緒で私と撮影会をしたことで怒られそうになったら言ってくださいね？　私からも事情を説明しますから！」

「どこから俺の独り言を聞いていたのか問い詰めたいのは山々だけどこの際棚上げしてやる。俺の両親になんて説明するつもりだ!?」

「当然ありのままを伝えるつもりです。例えばそうですね……『庵野君に淫らな姿を撮られてしまいましたが、決してやましいことはしていないので安心してください！』とかでしょうか？」

完全に嘘《うそ》ではないところが実に腹立たしい。木を隠すには森の中というか、真実の中に上手《うま》く嘘を混ぜ込んでいるというか。語弊しか生まない説明文にめまいがする。

「わかった。四ノ宮《しのみや》さんには帰って来たことは絶対に教えないし紹介もしない。また仕事で留守にするまで家には呼ばないから」

「そんな殺生なこと言わないでくださいよ！　その間の撮影会はどうするつもりなんですか⁉」

「……その時はその時だ」

それまでこの関係が続いていれば考えればいい、と喉から出かかった言葉を寸前で飲み込む。願わくばこのまま、なんて口が裂けても言えない。

「この話は終わり！　時間も押しているし撮影を始めるぞ！」

ダラダラとお喋《しゃべ》りしすぎてしまい、時刻は17時を回っている。急がないと夕日が沈んでしまうのでシチュエーション通りに撮れなくなってしまう。

「名残惜しいですがそうしましょうか。庵野《あんの》君をからかいすぎてまたリスケなんてことになったら大変ですからね」

「危うくそうなりかけているけどな……」

ため息を吐《つ》きながら、鼻歌混じりに俺の部屋に向かう四ノ宮さんの後を追う。ほんの少しでいいから学校でのお淑《しと》やかな感じを家でも出してほしいものだが、無邪気にはしゃぐ可愛《かわい》い四ノ宮さんを独占できていると思うと差し引きゼロか。

「お部屋に着きましたが、まずはどこに立てばいいでしょう？」

「そうだな……そしたら机の前に立ってくれるか？」

水着がメインとはいえまずはパーカー姿を男の子に披露する画《え》から始める。いわばジャンプをする前の助走だ。

ここで必要なのは女の子の無邪気な笑顔だ。楽しそうに、さながらファッションショーのようにポーズを決める四ノ宮さん。正面、横、背中と様々な角度から撮影を進める。

「うん。バッチリだね。それじゃ次はベッドサイドに腰掛けようか」

わかりました、と笑顔で言ってから四ノ宮さんはポフッとベッドに腰掛ける。

ここからはこの部屋の主《あるじ》である男の子に水着を披露するタイミングを窺《うかが》っている感じの画を撮る。最初はチラチラと見てくる男の子を挑発して面白がるが、何もしてこないことに徐々に悶々《もんもん》としてきて、ついには実力行使に出るイメージだ。

そのことを四ノ宮さんに伝えたら笑顔でコクリと頷《うなず》いて早速ポーズをとる。

すぅと内股気味に足を開き、その間に無造作に両手を入れて挟んでニコリと笑みを浮かべる四ノ宮さん。肩の力も抜けているので姿勢、表情ともに自然体でいい。

「３、２、１……」

カシャッとシャッター音が響く。角度を変えながらさらに何枚か撮影する。無言の時間が続いたら四ノ宮《しのみや》さんが暴走しかねないので声をかける。

「そしたら次はベッドに完全に乗って、体育座りみたいに座ってくれるかな？」

「わかりました。こんな感じですか？」

上体を若干反らしているのでパーカーの裾が足りなくなり、両足の隙間からチラリと競泳水着のビキニラインが見える。そして徐々にだが四ノ宮さんの頰《ほお》に朱が差し始める。

「こういうポーズはどうですか？」

まだ何も言っていないのに四ノ宮さんは自ら両手を後ろについて足を大きく開いて、いわゆるM字開脚という体勢をとる。

「写真で見たんですけど……いかがですか？」

「う、うん！　すごくいいよ！」

不意打ちのポーズチェンジによって先程よりはっきりと見えるようになったVラインに動揺して声が上擦る。ゴクリと生唾を飲み込みたくなるのを鋼の意志で堪《こら》えて俺はシャッターを切る。

「……これは？」

背中を壁に預けて両足を揃《そろ》えてゆっくりと持ち上げる。そのおかげで秘所への水着の食い込みが強調されているので服を着ているのにより扇情的になる。

四ノ宮さんのスイッチが完全に入ってしまった。警告するべきなのだろうが、こうなったら何を言っても彼女の耳には届かないだろう。俺は逆に心のスイッチをオフにして指示を出す以外は無心でシャッターを切る機械になろう。

「よし。足はいったん下ろして水着の撮影をしていこうか。まずは……」

「わかっています……」

足を再びM字に戻しながら熱っぽい声で答えると、四ノ宮さんはどこか恥ずかしそうにカメラから顔を逸《そ》らしてパーカーの裾をキュッと握るとゆっくりと捲《めく》っていく。

「ストップ。視線をこっちにくれる？」

「……っん。わかりました」

パーカーが胸元手前まで上がったところで合図を送る。

気になる男の子の視線を独占するためにちょっとずつ服を脱いで焦《じ》らす女の子は、じっと見られている状況に興奮と羞恥心がごちゃ混ぜになった蕩《とろ》けた顔付きになる。

「すごくいい表情だよ、四ノ宮さん」

「ほ、本当ですか？」

「怖いくらい魅力的だよ」

これが契約で、ファインダー越しに見つめていなかったら甘い空気に身を任せて押し倒していたかもしれない。けれど本番はここからだ。

「四ノ宮《しのみや》さん、そろそろ次に行こうか。立ち上がってくれるかな？」

「は、はい……」

のそのそと立ち上がる四ノ宮さんの手を取り、クルッと回転させて背中を向けてもらってからカメラを構えながら距離を取る。俺の意図を察したのか、四ノ宮さんはパーカーを腰まで上げたところで脱ぐ手を止める。

「バッチリだよ、四ノ宮さん」

前回の撮影会では記録に収めることが叶《かな》わなかった四ノ宮さんの魅惑の桃尻が露《あら》わになる。二つの大きな果実とはまた違った人を惑わす魔力があり、思わずズームして撮る。

『巧《たくみ》よ。お前は胸派？　それともお尻派？　どっちか教えろ！』

なんて言う新《あらた》の声が聞こえてきそうだが、四ノ宮さんのそれを見たらどちらか選ぶことはできない。どちらも平等に齧《かじ》り付きたい。

「正面から撮りたいから前を向いてくれる？　そうしたらパーカーを少しだけ――――うん、いいね」

以心伝心。左手で裾の真ん中付近をつぅと持ち上げてV字箇所をピンポイントで露出させ、右手は秘部近くに添えている。

俺が撮りたい画《え》を口頭で伝えるより先に形にしてくれる四ノ宮さん。何度も撮影を重ねたユズハさんならともかく、たった二回の撮影でこれが出来るとは。自分のテンションが上がっていくのがわかる。

「ど、どうですか、庵野《あんの》君？」

顔を真っ赤にしながら震える声で四ノ宮さんが尋ねてくる。しまった、撮るのに夢中で声をかけるのを忘れていた。

「最高の写真が撮れてるよ。じゃ、脱ごうか」

「わ、わかりました……」

か細い声で言ってから、四ノ宮さんは両手をクロスさせてパーカーをゆっくりと持ち上げていく。今度は胸元まで上げたところで止めてもらい正面、横と角度を変えながらシャッターを押す。最後は勢いよく脱ぎ捨てて――

「………」

競泳水着を身に纏《まと》った四ノ宮さんを目にした瞬間、俺は語彙力を失った。同時になんてものを渡してくれたんだと心の中で店長に怒りながら無限に感謝する。

四ノ宮さんが上江洲《うえず》店長から受け取った試作品の競泳水着の色は白。デザインはノースリーブで適度な透け感と光沢感のある高級な生地が採用されている。

首元とボディにはファスナーがついている仕様となっており、身体《からだ》にフィットしてボデイラインを引き締める効果もあり、四ノ宮《しのみや》さんの美しさに補整をかけている。後ろ姿もすっきりしていてカッコよく、くびれや先程惑わされたヒップラインも強調されているのでセクシーさも段違いだ。

だがこの水着一番の特徴は何と言っても大胆に開いた胸元だろう。さながらプリンセスカットにされた宝石のようで、四ノ宮さんの双丘の魅力を数段階上へと押し上げる結果をもたらしている。

少しでもファスナーを下げたらたわわなそれが零《こぼ》れ落ちてしまうのではないか。その奇跡の瞬間を収めたくなるのを生唾と共に飲み込みながら俺は夢中で撮影を続ける。

俺のテンションが最高潮になっているのと同様に四ノ宮さんもハイになっており、指示を出さなくても自分が撮られたいポーズをワンショットごとにどんどん繰り出してくる。

これが二回目の撮影とは思えない。

「あの……もう少し近づいて撮ってくれますか？」

熱っぽい声で四ノ宮さんが要望を出してくる。俺はコクリと頷《うなず》いてカメラを構えたまま一歩、二歩と近づく。それに合わせて、俺に見せつけるように胸元のファスナーに手をかける。

「見たいですよね？」

ジジジと金属が擦《こす》れる音が静かな部屋に響き渡る。ゆっくりとファスナーが下ろされ、長年の封印からようやく解放され、歓喜に震えるかのように四ノ宮さんの双丘がたゆんと弾《はじ》ける。

「もっと近くで見せてあげますね」

言いながら四《よ》つん這《ば》いとなって四ノ宮さんが這い寄ってくる。プリッとした桜色の唇と両手でむにゅと挟み込んで大きさと柔らかさが強調された谷間のアップが液晶モニターに映し出される。目元から下を切り取るだけでいかがわしさが急激に増す。

「こんな風にしたら……どうですか？」

身体《からだ》を起こし、片膝を立てつつ足を広げて座りながら四ノ宮さんは水着の胸元をすぅと広げた。そのせいで蠱惑的《こわくてき》な果実がより露出され、その丘に実っているサクランボが見えそうになる。

「…………」

瞳は濡《ぬ》れ、四ノ宮さんの口元に艶やかな笑みが刻まれる。俺の目の前にいるのは理性を奪い、精気を根こそぎ吸い取り、天上の至福を胸に抱かせながら男の命を奪う夢魔だ。

「まだ足りないようですね。それなら……」

艶美に微笑《ほほえ》みながら四ノ宮さんの手が秘部へ伸びる。そして舌をペロリと出しながら甘い蜜を出しているそこに誘うようにそっと水着を浮かせて見せる。

何を考えているんだ、と叫んで止めろと訴える理性と誰にも触れられたことがないであろう秘宝へと誘っている姿を迷わず撮影しろと訴える本能が激闘を繰り広げた結果。軍配は後者に上がった。

俺は無心で、様々なアングルからクラスメイトを撮った。

「フゥ……よし。お疲れ様、四ノ宮《しのみや》さん。部屋での撮影はこの辺で終わりにして、休憩してから風呂場へ移動しようか」

身体《からだ》の中でマグマのように燃え滾《たぎ》ったものを深呼吸とともに全て吐き出しながら、俺はカメラを置いた。

「はい……お疲れ様でした」

四ノ宮さんの頰《ほお》は火照ったままだが表情は充足感に溢《あふ》れていた。もしかしたら自分も知らなかった一面を自覚できたのかもしれない。そんな満たされた顔をしていて、それが初めて見る顔だったので思わずシャッターボタンを押した。

「もしかして今撮りましたか？」

「ごめん、ごめん。あまりにも魅力的だったからついね」

謝罪しながら俺は四ノ宮さんの肩を包むように用意していた大きなバスタオルをかけた。

室内とはいえ水着姿のままでいたら風邪をひきかねない。

「フフッ。準備がいい上に優しいんですね、庵野《あんの》君」

「これくらい当然だよ。休憩はどうしようか。リビングで休む？　飲みたい物とかあれば用意するよ？」

「お気遣いありがとうございます。ですが大丈夫です。今とってもいい気分なので庵野君がよければこのままお風呂場での撮影をしちゃいませんか？」

「……わかったよ」

連続で様々なポージングをとるので撮影は体力勝負な一面もある。なので適度な休息が必要なのだが、同じくらい演者のテンションも大事だ。気分がアガっているならその勢いに任せて撮り切ってしまうのも一つの手だ。疲れが見えたら止めればいい。

浴室に到着し、カメラの設定を調整しながらどうやって始めるか考えていると、四ノ宮さんはバスタオルを俺に預けてシャワーを手に取った。そして蛇口を回して浴槽にお湯を流して温度を調整する。

「うん、温度はばっちりです」

振り返りながら微笑《ほほえ》む四ノ宮さん。普段教室で隣の席に座っている美女が自宅の風呂場で競泳水着を着てナニかを始めようとしているのは非現実的な光景だ。俺はここから撮影を始めることにした。

「考えてみたらシャワーを浴びているところを男の子に見せるのも庵野君が初めてです」

「それは……まぁそうだろう」

彼氏彼女の関係であってもシャワーを浴びているところを見せる、機会はそうそうないだろう。むしろ競泳水着を着ているとはいえただのクラスメイトに披露する方が普通はどうかしていると思われる。

「このままの調子だと庵野《あんの》君に色々な私の初めてを貰《もら》われちゃいそうですね」

「言い方なぁ!?　誤解しか生まない発言は慎もうな!?」

「あら、庵野君はナニを想像しちゃったんですか？　ちょっと教えてほしいところですがまずは撮影ですね」

からかう笑みから一転。四ノ宮《しのみや》さんはシャワーを胸元にあてて流し始めた。ザァァァという毎日聞く水音だが、それを今目の前で浴びているのは絶世の美女。

空いた手を脇の下に回しているので自然と胸が寄せられて持ち上がり水着越しでも柔らかさが伝わってくる。

宝石のように切り抜かれて露出している世界一の渓谷にとめどなく清流が流れる。光沢のあるエナメル生地が濡《ぬ》れたことで薄《う》っすらと透け始める。

「シャワーを浴びたまま浴槽の縁に腰掛けられる？」

「はい、やってみます」

幸いなことに四ノ宮さんはまだ冷静さを保っており、受け答えする声もしっかりしている。ただしポージングは扇情的だ。

背中を壁に預けながら四ノ宮さんは浴槽の角に座る。右足は内股気味に膝を曲げ、左足は縁に沿うように伸ばしつつ浴槽の中へ投げ出す。そして財宝を守る最後の砦《とりで》のように足の間に右手をだらりと垂らした。

「うん、完璧」

お腹《なか》を伝い、鼠径《そけい》部からぽたぽたと水滴が滴り落ちる。それが溜《た》まり、やがて縁からも零《こぼ》れ落ちる。なんてことのない当たり前の現象なのに、理性をかき乱される画《え》が何枚も撮れる。

そして普段からそうなっているのか定かではないが、シャワーを浴びている四ノ宮さんの表情は自然と蕩《とろ》けたものになっている。

「庵野君、浴槽の中に入ってもいいですか？」

「もちろん、いいよ」

シャワーを止めてから四ノ宮さんは湯の張られていない浴槽の中に足を踏み入れる。どうせなら溜めておけばよかったと少し後悔するが、どんな姿を見せてくれるのか楽しみでもある。

「いつか泡風呂の撮影がしてみたいですね」

浴槽にゴロリと寝転がりながら無邪気な顔で口にする。その気持ちはよくわかる。楽しそうに泡と戯れる四ノ宮さんの可愛《かわい》さに悶《もだ》える己の姿が想像できる。

「その場合、水着は着なくていいですよね？」

なんて爆弾を投下しつつ四ノ宮《しのみや》さんはシャワーを谷間に挟むようにしてギュッと抱き締めながら妖しく微笑《ほほえ》む。ファンクラブの連中が見たら卒倒するか、もしくは『シャワーになりたい』と黄色い悲鳴を上げることだろう。

「それとも……撮影はしないで庵野《あんの》君も一緒に入りますか？」

「……なんですって？」

突然の提案にシャッターボタンを押す手が思わず止まり、四ノ宮さんの顔を直接確認する。やはりと言うか、彼女は捕らえたものを嬲《なぶ》るような目付きで舌なめずりをしながらこう言った。

「私と一緒にお風呂に入りませんかと言ったのです。聞こえませんでしたか？」

「ちゃんとばっちり聞こえた上での反応だったんだけどな!?」

思わず叫ぶようにツッコんでしまった。一緒にお風呂に入るなんて同棲《どうせい》しているカップルや新婚夫婦でもないとしないのに、ただの契約関係の俺と四ノ宮さんが混浴するなんてありえない。考えただけでも脳が沸騰する。

心臓が破裂する勢いで鼓動して動揺していることを悟られたくなくて俺は背を向けるが、嘲笑《あざわら》うかのように四ノ宮さんはピトッと背中に身体《からだ》をくっつけてきた。たわわな感触がリアルに伝わってくる。そして、

「今なら身体の隅々まで洗ってあげますよ？　密着のサービス付きで」

ふぅと火傷《やけど》しそうなくらい熱く、心を熔《と》かす甘い吐息とともに耳元で囁《ささや》かれた。口から心臓が飛び出しそうになるくらい驚いたが悲鳴を上げなかったのは奇跡だ。

「何なら競泳水着ではなく、庵野君がダメと言った中学生の時のスクール水着を着てサービスしてあげましょうか？」

「サ、サービスって言うな……」

「しっかり泡立てたボディーソープを身に纏《まと》ってこうしてスリスリして洗ってあげます。それが終わったらもちろん前も……」

実演するように上下に身体を動かしながら言うと、四ノ宮さんは俺の胸部に手を伸ばしてくる。五感で四ノ宮さんを感じるバックハグの体勢。クラクラしてきて自分が立っているのか倒れているのかわからなくなる。

「あぁ、それともむっつりスケべな庵野君は何も着ていない……生の感触を味わいたいですか？」

目を閉じろ。考えるな。想像するな。思考を閉ざせ。右耳から入ってくる情報は左耳へ素通りさせるんだ。

「ところで庵野君。スマホを貸していただけますか？」

「ス、スマホ？　それなら後ろのポケットに……」

入っている、と俺が言う前に四ノ宮さんにお尻のポケットをまさぐられる。まるで宝を強奪する盗賊のよう。

「ロックは……やっぱりかかっていますね。あっ、でも顔認証ですね。庵野《あんの》君、顔上げてくれますか？」

言いながら四ノ宮《しのみや》さんはスマホを俺の顔の前に持ってくる。狙いはわかるが止めることはできず、案の定ロックは解除されてしまった。手早く操作するとコテッと俺の肩に頭を乗せてきながら再びスマホを俺の顔の前へ持ってくる。そして――

「はい、チーズ！」

パシャリ。ツーショットの自撮りを撮られたと俺が気付いた時には四ノ宮さんはクスクスと笑いながら身体《からだ》を離していた。

「フフッ。放心して蕩《とろ》けた庵野君の顔、すごく可愛《かわい》いです。これは色々と捗《はかど》っちゃいそうです」

「何が捗るかはあえて聞かないから今すぐその写真は消してくれ！」

「いいですよ。庵野君のスマホからは削除してあげます。まぁすでに私のスマホに送ったので手遅れですけどね」

「四ノ宮さんのスマホはどこにある!?」

保存される前なら対処はできる。水没でもさせてデータ丸ごとクラッシュさせてしまえばいい。

「私のスマホなら洗濯機の上に置いてありますよ。ただし……」

その言葉を聞いて俺は浴室から飛び出して脱衣所の洗濯機の上を確認するが撮影前まで四ノ宮《しのみや》さんが肩にかけていたバスタオルがあるだけ。それを捲《めく》ると出てきたのは綺麗《きれい》に折りたたまれた制服一式。

「私の制服の下にある下着をどかさないと取れませんけどね」

「な、ん……だと？」

「さぁ、庵野《あんの》君。私のことはどうぞ気にせずにスマホを取ってくれて構いませんよ？」

毎日学校で四ノ宮さんが着ている制服に触れるだけでも禁忌だというのに下着に手をかけるなんてとてもじゃないができるはずがない。

「ちなみに今日着ていた下着は手持ちの中で一番のお気に入りで……ここぞという時に着ける勝負下着です、って言ったらどうしますか？」

「!?!?」

声にならない悲鳴が漏れる。つまりそれは前回撮影した時に見たやつとは別物ということか。あの赤い下着も十分可愛《かわい》かったのにそれ以上ともなるといったいどんな物なのか。気にならないわけがない。

「……っく。この小悪魔め！」

だが悲しいかな。俺が言えるのは尻尾を巻いて情けなく逃げる敗北者が残す捨て台詞《ぜりふ》だけ。本当に触ったが最後、俺のスマホで決定的瞬間の一部始終を動画に収められて新たな脅迫のネタにされることだろう。それだけは絶対に避けねばならない。

「その写真……絶対に誰にも見せるなよ？」

「もちろん見せませんよ？　せいぜいスマホのロック画面にするくらいです」

「お願いだからやめて。家で眺めるだけにしてくれ」

待ち受け画面じゃないだけまだマシだが、それでも画面に設定していたら何かの拍子に誰かに見られてしまうこともある。そうなったら俺は終わりだ。

「冗談ですよ。誰にも見せたり自慢したりしません。これは私だけの大事な宝物です」

「宝物って大袈裟《おおげさ》な……」

もっと他に大事にするものがあるだろうと言いかけるが、四ノ宮さんが嬉《うれ》しそうな笑みを浮かべながらスマホを胸で抱えるのでそれ以上何も言えなかった。

「そんなことより庵野君。そろそろお着替えしたいんですけど……よろしいですか？」

「へ？　あぁ、もちろん！　身体《からだ》も濡《ぬ》れているし、いつまでも水着のままでいたら風邪ひいちゃうよな！」

くしゅん、と可愛いくしゃみをする四ノ宮さんに俺は慌ててバスタオルを手渡し、脱衣所から出ようと背を向ける。

「あっ！　何なら水着を脱いだ後の写真も撮りますか？　この大きなバスタオルなら全身

隠せますし、どうでしょう?」

「撮りません！　馬鹿なこと言ってないでさっさと着替えてください！」

撮りたいのは山々だが、何をしでかすかわからないので俺は脱兎《だつと》の如《ごと》く逃げ出すことを選んだ。

背後から『庵野《あんの》君のいけずぅ』と唇を尖《とが》らせながら拗《す》ねる四ノ宮《しのみや》さんの声が聞こえてきたが全力で無視をした。

こうして二度目の撮影会は終わったのだが、風呂場から戻ってきた四ノ宮さんを労《ねぎら》うべく用意したアイスでひと悶着《もんちやく》が起きて最後まで大変だった。

第５話：四ノ宮さんの家で撮影会⁉

「なぁ、巧《たくみ》。俺の話を聞いてくれないか？」

二度目の撮影会から数日が経《た》った朝のこと。俺がスマホの画像フォルダをぼんやり眺めていたらいつものように新《あらた》が、しかしどこか神妙な顔と声で話しかけてきた。

「別にいいけど……その感じに既視感を覚えるのは気のせいか？」

「気のせいだよ！　それに今回は真面目な話だ！」

安心しろ、と自信満々に新は言うが不安しかない。この口ぶりで真面目な内容だったためしがない。

「聞いてやるから勿体《もったい》ぶらずにさっさと話せ。もしかしてこの間話していた四ノ宮さんに好きな人がいるか否かの会議の結果とか言うんじゃないだろうな？」

「その話もしたいところではあるが、今はそれより重要かつ場合によっては大問題に発展することだ！」

「……無駄に大袈裟《おおげさ》だな。というかまた四ノ宮さん絡みかよ」

暇というか飽きないというか。ファンクラブの会員は三百六十五日四六時中四ノ宮リノアのことを考えているのか。もしそうなら常軌を逸していると言っても過言ではない。その中に目の前にいる親友が含まれていると思うと頭痛がする。

「ズバリ言うとだな――最近の四ノ宮《しのみや》さん、なんか色気増してないか？」

「……お前は馬鹿か？」

呆《あき》れを通り越してストレートな罵倒を口にしてしまった。

「馬鹿はお前の方だぞ、巧《たくみ》！　これは四ノ宮リノアファンクラブの会員が満場一致で思っていることだ！」

「……冗談だろう？」

親友の言葉が信じられず教室を見渡してみると皆が揃《そろ》って首を縦に振っていた。揃いも揃ってここには馬鹿しかいないのか。俺は重たいため息を吐《つ》きながら肩を竦《すく》める。

言い忘れていたが肝心の四ノ宮さんは珍しいことにまだ登校していない。まぁいたらこんな話は出来るはずもないが。

「わかった。百歩譲って四ノ宮さんの色気が増したとしよう。でも根拠はあるのか？」

「ハァ……これだから非会員は困るぜ。四ノ宮さんの表情や一挙手一投足に時折エロスが滲《にじ》み出ていることに気付いてないのか？」

言うに事欠いてエロスって酷《ひど》いぞ、とツッコみたくなったが教室中から賛同を示す頷《うなず》き音が聞こえてきたので何も言えなくなった。

「具体的に言語化するのは難しいんだけどな？　なんというかなんてことない仕草とか笑

顔が妙に色っぽくなったんだよ。これってやっぱり――――!!」

新《あらた》が最後まで言おうとしたタイミングでガラガラッと扉が開いた。入って来たのは他でもない、話題の中心の四ノ宮さんその人。教室に緊張が走る。

「……皆さん、どうされたんですか？」

さすがの四ノ宮さんも異変に気が付いたのか、キョトンとした顔で尋ねる。だが悲しいかな、その問いに答えられるクラスメイトは一人もいない。みな気まずそうに視線を逸《そ》らすか苦笑いを零《こぼ》した。

そんな異様な雰囲気を四ノ宮さんは気にすることなく悠然と歩いて俺の隣にやって来た。机に鞄《かばん》を引っ掛けてから着席するとにこやかに声をかけてきた。

「おはようございます、庵野《あんの》君」

「……おはよう、四ノ宮さん」

まだ完全に立ち上がっていない脳みそをフル回転させてこの後の会話で聞かれるであろうことに対してどう答えるかを考える。

叶《かな》うことならこの状況を生み出した元凶に責任を取らせたいところだが、あいつはすでに逃走してこの場にはいない。

「ねぇ、庵野君。なんだか皆さんの様子がおかしいように思うのですが……気のせいですか？」

「残念ながら気のせいじゃないよ。さらに言うと変な空気になっている原因は四ノ宮《しのみや》さんだよ」

「へ？　私ですか？」

コテッと小首をかしげる四ノ宮さん。可愛《かわい》いなぁと俺は和むけれどクラスメイト達にそんな余裕はない。新《あらた》を筆頭に『何を言っているんだお前は!?』という怒りの視線を向けてくる。

「四ノ宮さんが来る直前までみんなで『最近四ノ宮さんの色気が増したよね』って話をしていたんだよ」

「なるほど、だいたい理解しました。つまり私が登校するタイミングが悪かったってことですね？」

「まぁそういうことだな」

外野から『否定しろ！　四ノ宮さんは悪くないだろうが！』『本人にそのまんま言う奴《やつ》があるかよ！』なんていう声が怨念となって聞こえてくるが知ったことではない。

「それはそうと……色気ですか。私は全然自覚ないんですけどね。庵野《あんの》君もそう思いますか？」

何気ない四ノ宮さんの問いかけに教室の空気がさらにヒリつき、視線による圧力も増して俺は息苦しさを覚える。

「……どうして俺に聞く？」

「どうしてって……私のことを一番よく見ているのは庵野君だからに決まっているじゃないですか？」

心臓をギュゥと鷲掴《わしづか》みにされたかのような激痛が走る。誤解を招くような言い方はこれまで何度かあったが無事故でこられたのはそれが二人きりの時の発言だったからだ。だというのに一番やったらダメな大勢のクラスメイトの前でやるとは。

「な、なぁ……巧《たくみ》。今の四ノ宮さんの発言はどういう意味なんだ？　事と次第によっては俺とお前の友情はこれっきりになるぞ？」

友情どころか俺の命を奪いかねない鬼のような形相を浮かべながら、新が俺の机の前にやって来た。それなりの付き合いになるが、新がここまで激昂《げきこう》するのは初めてユズハさんと個撮をしたことを伝えた時以来だ。

「落ち着け、新！　俺はただ四ノ宮さんの隣に座っているだけでお前が考えているような関係じゃない！」

「庵野君の言う通りです。隣の席に座っている庵野君なら私のちょっとした変化にも気付くんじゃないかなと思ったんです。それ以上の特別な意味はありませんよ？」

そう言ってフフッと微笑《ほほえ》む四ノ宮さん。表情こそ聖女然としているが、発する言葉には普段はない圧が込められている。まるで俺がどう答えるか誘導するかのように。

「それで、どうなんですか庵野《あんの》君？　私、変わっちゃったと思いますか？」

「……みんなの気のせいだろう。四ノ宮《しのみや》さんは変わってない」

心を押し殺し、感情の消えた抑揚のない声で俺は答えた。その瞬間、教室に不満と安堵《あんど》が入り混じったため息が漏れる。

「い、いや……でも巧《たくみ》一人が否定してもみんなの意見は……！」

「九鬼《くき》君の言いたいこともわかります。ですがこの教室の中で一番フラットに私を見ることが出来るのは庵野君なんです。その庵野君が言うんですから間違いありません」

食い下がる新《あらた》――というより納得していないクラスメイト達――に向けて珍しく鋭い視線と力強い口調で断言する四ノ宮さん。これにはさすがに新もたじろぐ。

「なぜ庵野君が一番フラットなのかは……説明する必要はありませんよね？」

「は、はい……それは大丈夫です。朝から失礼しました！」

そう言って新は突風のように自分の席に走って戻って行った。行ったり来たり忙しい上に騒がしい奴《やつ》である。俺は目頭を押さえながらため息を吐《つ》く。これから一日が始まるというのにすでにグロッキーだ。

「大丈夫ですか、庵野君？　随分お疲れのようですけど？」

「……いったい誰のせいだと思っているんだよ」

誰にも聞かれないよう、できるだけ視線も合わせず俺達は小声で会話をする。

「さぁ、誰のせいでしょう？　強いて言うなら私の色気が増したと言い出した人ではないですか？」

「それは間違いない」

　つまり悪いのは新だ。あいつが馬鹿なことを言わなければこんなことにはならなかったし、クラスメイト全員を敵に回すこともなかった。休み時間に一発殴りに行こう。

「ところで庵野君。本当のところはどうなんですか？」

「……え？」

「惚《とぼ》けないでください。さっきの発言……あれ、嘘《うそ》ですよね？」

　四ノ宮さんが囁《ささや》くのとチャイムが鳴ったのは同時。おかげで蠱惑的《こわくてき》な声を聴くことが出来たのは隣の席の俺一人。だからその優越感もこの心臓の高鳴りも俺だけの物。そして四ノ宮さんに色気が増して来ていることを知るのも――

「フフッ。本当に庵野君は独占欲が強いですね」

　机に肘をつき、顎を手に乗せてクスクスと微笑《ほほえ》む四ノ宮さん。その笑みは可憐《かれん》ではあるが、そこには薔薇《ばら》の棘《とげ》のような艶美な毒が含まれている。触れれば死に至る魔性の花。

「……うるさい」

　俺は熱を帯びて赤くなっているであろう頬《ほお》を見られないように顔を逸《そ》らしながらぶっきらぼうに言う。

「でも不思議と悪い気はしないですよねぇ。どうしてでしょう?」

「そ、そんなこと俺に聞かれても……」

わからない、と俺が答えようとしたところで勢いよく扉が開いた。

「おっはよぉ――――! みんな、元気かにゃぁ!? 朝からため息吐《つ》いている子はいないかにゃぁ!?」

助かった。みこ先生がハイテンションで来てくれたことに俺は心の底から感謝した。もしこのまま話を続けていたらどうなっていたことか。

「話の続きはお昼休みに屋上でしましょうね、庵野《あんの》君」

「……お手柔らかにお願いします」

どうやら俺の命は午前中いっぱいまでのようだ。

＊＊＊＊

「さて、庵野君。三度目の撮影会はどうしましょうか?」

今日も今日とて四ノ宮《しのみや》さんと一緒に屋上で昼食を食べていると、これもまた当たり前のようにスケジュールの相談をしてきた。朝の話の続きをいつされるかとビクビクしていたのでちょっと拍子抜けしたのは内緒だ。

「今週末なら空いているけど、イメージは考えてる？」

「はい！　今度は私の私服を撮っていただけたらと思っています！」

制服、競泳水着ときて今度は四ノ宮さんの私服か。ありよりのありだな。一緒に上江洲《うえず》店長の『エモシオン』へ行った時に見たワンピースは筆舌に尽くしがたいほどに似合っていた。あれを写真に撮れなかったことをずっと後悔していたので、リベンジできると思うとテンションもうなぎ登りだ。

「撮影場所はどうする？　また俺の家でってなるとワンパターンにならないか？」

「言われてみればそうですね。撮影スタジオはどうですか？」

未成年の俺達だけでスタジオを利用する場合は親の同意が必要になる。俺の両親は海外で不在だから言わずもがな。そうなると四ノ宮さんにお願いするしかないのだが、

「私の父と母……ダメですね。絶対に書いてくれませんし、庵野君との関係も断つように言われるかも……ごめんなさい」

そう言って申し訳なさそうに肩を落とす四ノ宮さん。大事な娘がいかがわしい写真を撮られていると知ったら激怒するのも当然だ。それどころか警察に突き出されるかもしれない。

「謝ることじゃないよ。それじゃ今回も――」

「いえ、今回は私の家で撮りませんか？」

俺の家でやろう。そう言おうとしたところで四ノ宮《しのみや》さんが爆弾を投下した。一瞬何を言ったのか理解できなかったが、それが決して冗談ではないことは声音と真剣な表情から容易に察することが出来た。それ故に俺は呆《ほう》けた反応をしてしまった。

「……へ？　今なんて？」

「三度目の撮影会は私の家でやりましょうと言ったのです。二度も男の子の家に遊びに行ったんです。そろそろ女の子側が両親の不在の時を見計らって自宅に招待してもいいのではないですか？」

いきなりシチュエーションとして設定している話の展開を口にする四ノ宮さん。確かに流れとして不自然なところはない。親のいない時に男の子をこっそり呼ぶというのも背徳感があっていい。

「……本当にいいのか？」

ただそれは創作の中の話であって現実となると話は別だ。それこそ撮影中にご両親が帰宅したら――

「心配いりませんよ。今週末なら両親は出張で絶対に家に帰ってきませんから。誰にも邪魔されることはありません」

「そ、そうなのか……あれ、でもお姉さんがいるんじゃ？　そっちは大丈夫なの？」

俺の記憶が正しければ四ノ宮さんにはモデルをやっているお姉さんがいたはずだ。家にいる可能性はないのだろうか。

「問題ありません。姉なら大学入学を機に出て以来滅多《めった》に家に帰ってくることはありませんから」

感情のない声で四ノ宮さんは話した。これは好きとか嫌いとかの次元ではない。まるで存在そのものを否定するかのような口ぶりに俺は恐怖を覚える。何があったら実の姉にそんな感情を抱くのか、一人っ子の俺には想像もつかない。

「そういうことなので今週末、私の家で撮影会をしましょう。いいですね？」

「……わかった」

一抹の不安を抱きながら俺は頷《うなず》くしかなかった。

「さて、撮影会の話がまとまったところで、これからプチ撮影をしませんか？」

「……まだ食事中なんだが？」

いきなり何を言い出すんだこの美女は。いくら俺達しかいない屋上とはいえ学校であることには変わりないのだ。いつ誰が来るかもしれないのに撮影なんて――

「庵野《あんの》君は花より団子なんですね。それならこうしたらどうですか？」

「何をしても無駄だよ――って四ノ宮さん⁉」

思わず俺は箸を落としながら叫ぶ。それは何故《なぜ》か。

その理由は四ノ宮《しのみや》さんが俺の目の前でおもむろにスカートの裾に手をかけてゆっくりとたくし上げ始めたからだ。スカートに隠れて見えなかった穢《けが》れのない新雪のような生足が露《あら》わになっていく。そして見ている人間の興奮を煽《あお》るように、下着が見えるか見えないか限界ギリギリのところで止めて妖しく微笑《ほほえ》む。

「ほら、好きなだけ撮っていいですよ。今なら特別に超ローアングルでの撮影も許可しちゃいます」

「な、ん……だと？」

その言葉が意味するのはスカートという未踏破の洞窟の奥に隠されている秘宝を記録に残していいということ。その事実に俺の手は自然と胸ポケットにしまってあるスマホへと伸びる。

「ほらほら。早くしないと誰か来ちゃいますよ？　そうしたらどうなってしまうんでしょうね？」

ヒラヒラとスカートを煽りながら挑発してくる四ノ宮さん。もしこのタイミングで誰かやって来たら俺の命が危ない。この状況を見られてしまったら、お姫さまであるリノアとお昼を一緒にしているうえに、ただならぬ関係だと誤解されてもおかしくない。

「今更躊躇《ためら》うことはありませんよ？　何せすでに庵野《あんの》君は私のあられもない姿を見ている

じゃありませんか」

「TPOって言葉は知っているよね⁉　家と学校とじゃ違うんだよ⁉」

「空き教室で私が乱れているところは撮ったのに、ですか？」

そう言って四ノ宮《しのみや》さんはフフッと艶美な笑みを零《こぼ》した。悔しい、弄ばれているとわかっているのに撮りたい衝動が抑えられない。

「……わかった。それじゃ遠慮なく撮らせてもらうね。立ち上がって壁まで下がってくれる？」

「ええ、喜んで。庵野《あんの》君がその気になってくれて嬉《うれ》しいです」

後退する逃げ場を奪ってから俺は低い姿勢でスマホを構える。画面越しに映る四ノ宮さんの表情は学校では絶対にしてはいけない蕩《とろ》けた顔になっていて、俺は生唾を飲み込みながらシャッターボタンを押すのだった。

＊＊＊＊

三度目の撮影会の朝。洗面所の鏡に映る自分の顔を見て、俺は深いため息を吐《つ》いていた。

「ハァ……最悪だ」

目の下にくっきり刻まれたクマ。鉛のように重たい頭。どう考えても明らかな寝不足だ。これでは修学旅行の前日に楽しみすぎて興奮して寝坊した中学生の新《あらた》のことを笑えない。

「昨日のうちに機材の準備済ませておいてよかったな……」

独《ひと》り言《ご》ちながら俺はため息を吐く。

時刻は現在11時を半分過ぎたところ。

昨夜は目が冴《さ》えすぎて布団に入っても全く眠れる気がせず、夢と現実の狭間《はざま》をさ迷う奇妙な体験をした。カーテンの隙間から日の光が差し込むまで眠気は訪れず、目が覚めたらこの時間だった。

待ち合わせは13時。場所は四ノ宮さんの自宅のある最寄り駅。俺の家から一時間ほどかかるので、そろそろ出発しなければならない。

「忘れ物は……うん、大丈夫だな」

使うかわからないとはいえ、最低限の装備を詰めたスーツケースをガラガラと引いていく。小旅行のような荷物になってしまうので、その点だけで言えば俺の家で撮影をした方がはるかに楽だ。

「四ノ宮さんの家か。どんな感じなんだろう……」

電車に揺られながらそんなことをぼんやり考える。新の話では都心の一等地の豪邸のような一戸建てに住んでいるということだったが、果たして真実は如何《いか》に。

　ただ気掛かりなのは家族の話をすると決まって四ノ宮《しのみや》さんの様子がおかしくなることだ。クラスメイトの女の子——それも超がつく美女の四ノ宮さん——の家にお呼ばれされた事実にテンションが上がっているのは間違いない。睡眠不足もこれが原因だが、それと同じくらい感情が消えた四ノ宮さんの顔が気になる。

「家族か……難しいよな」

　他人の俺がおいそれと踏み込んでいいことではない。このスタンスは最初から変わっていない。ただあの何とも言えない辛《つら》く寂《さみ》しそうな表情を見たら力になってあげたくなる。そう考えるのは傲慢なのだろうか。

　そんなことを考えているといつの間にか目的地に到着していた。俺は頭を振って気持ちを切り替えて電車を降りる。まだ夏になっていないのに日差しが強い。このまま本番を迎えたら酷暑で氷のように跡形もなく溶けるのではないか。

「庵野《あんの》く——ん！　こっちで——す!!」

　階段を上がり、改札の前に着くといつかの時と同じように何故《なぜ》か制服姿の四ノ宮さんが満面の笑みを浮かべ、ぴょんぴょんと飛び跳ねながら手を振っていた。可愛《かわい》いのにたゆんと揺れて大きさと柔らかさをこれでもかと主張してくる双丘のせいで直視できない。

「こんにちは、庵野君。今日は珍しく時間ぴったりの到着ですね」

「待たせてごめんね、四ノ宮さん。ちょっと起きるのが遅くなっちゃってさ」

謝罪しながら改札を出て四ノ宮さんと合流する。駅を後にして並んで少し歩いたら高級住宅街の中へ突入することに。新《あらた》の言っていたことは本当だったのか。

「寝坊ですか？　それこそ珍しいですね？　夜更かしでもしたんですか？」

信じられないと言わんばかりの顔で四ノ宮さんに言われて、つい『あなたが原因なんですけどね』と心の中で呟《つぶや》く。

「あっ……もしかして遠足前の小学生みたいに私の家に来るのが楽しみで眠れなかったとかですか？　なにかエッチなこととか想像しちゃったんですか？」

どうなんですかぁ、とニヤニヤしながら俺の脇をツンツンとつついてくる四ノ宮さん。くすぐったいからやめてほしい。ただこのままやられっぱなしなのは癪《しゃく》だ。

「ええ、そうですよ！　四ノ宮さんの家に行くのが楽しみで眠れなかったんですよ！　悪いですか⁉」

「へっ？　えぇぇ⁉　ちょっと庵野君、それ本気で言っているんですか⁉」

俺の勢いに飲まれたのか四ノ宮さんがわずかに動揺する。畳みかけるならここしかない。侵略すること火の如《ごと》くというやつだ。

「本気も本気、大真面目だよ。だって四ノ宮さんの家だよ？　しかも二人きり。期待しない方がおかしいだろう？」

「う、ううぅ……あ、庵野《あんの》君も期待しちゃっているんですか？」

顔を真っ赤にした四ノ宮《しのみや》さんが視線だけをこちらに向けながら蚊が鳴くような消え入りそうな声で尋ねてくる。人をからかっていた小悪魔とは思えない初心《うぶ》な反応だな。というか上目遣いで潤んだ瞳を向けるのは反則だ。

「ね、ねぇ……どうなんですか？　庵野君はその……私としたいんですか？」

「したいって……なにを？」

ゴクリと生唾を飲み込みながら四ノ宮さんに聞き返す。わかっている。そんなことは聞かなくても。ただ聞かずにはいられない。

「フフッ。なにをって……そんな決まっているじゃないですか。そ・れ・は――」

言いながら四ノ宮さんは少し背伸びして俺の耳元に顔を近づけてくる。俺はこの攻防の敗北を悟る。全ては彼女の手のひらの上。仕掛けられた罠《わな》にまんまとかかった哀れな子羊というわけか。

「――エッチなこと、ですよ」

熱い吐息の混じった蠱惑的《こわくてき》な声で囁《ささや》かれて背筋がゾクッと震える。呼吸は不規則となり、頬《ほお》のみならず体温が急上昇しているのが自分でもわかる。

「空き教室、自宅で三回も私のあられもない姿を見てもそういうことは一切してこなかったのに、私のお家《うち》に来たらしたくなっちゃったんですか？」

「ごめんなさい、冗談です。まったく考えなかったと言えば嘘《うそ》になるけど、実際にそういうことをするつもりはないからな？　本当だからな？」

俺はバンザイして白旗をあげる。勝ち目のない戦いとわかった以上、早々に撤退するのが賢い選択だ。けれど悲しいかな、一度噛《か》みついたら息の根を止めるまで放さない猛獣のように四ノ宮さんは耳元で話し続ける。

「それは残念。ですが私としてはいつでもウェルカムですよ？　って言ったらどうします？」

「────し、四ノ宮さん⁉」

言葉の意味を理解した瞬間に脳が沸騰する。本気なのかそれとも冗談なのか。声だけでは判断できない。

「据え膳食わぬは何とやら。まさかと思いますが庵野君はむっつりではなくニワトリさんなんですか？」

間違いない。九割九分これは挑発だ。乗ったら最後、俺は四ノ宮さんの奴隷として一生を過ごすことになるだろう。それもそれで悪くない。

「フフッ。本当に庵野君は顔に出やすいんですね。何を考えているか手に取るようにわかります」

「……冗談だろう？」

「信じるか信じないかは庵野《あんの》君次第ということで。それはさておき、着きましたよ。ここが私のお家《うち》です」

結局一連の話は全て謎に包まれたまま、本日の撮影会場である四ノ宮《しのみや》さんの自宅に到着した。その表札の前に立った俺はあまりにも豪奢《ごうしゃ》な邸宅に言葉を失った。

「こ、ここが四ノ宮さんの……？　すごいな」

「すごいのは見た目だけです。私に言わせればこの家はハリボテと一緒です」

「……四ノ宮さん？」

まただ。また四ノ宮さんから感情が抜け落ちる。だがそれも一瞬で。すぐに笑顔を取り戻して俺の手を握る。

「ほら、ぼぉーっとしていないで中へ入ってください、庵野君！　いつまでも外にいたら近所迷惑になってしまいます！」

「わかった！　わかったから引っ張らないでくれ！」

ギュッと俺の手を力強く握ってくる四ノ宮さんの手がわずかに震えているように感じたのはきっと気のせいだ。俺はそう思い込むことにして四ノ宮さんの家に足を踏み入れた。

＊＊＊＊

我が家の倍近くあるリビングと超が付くほど柔らかいソファーに座らされて居心地の悪さを覚えながら、俺は待ち合わせした時から気になっていたことを尋ねた。

「ところで四ノ宮さん。ずっと聞きたかったんだけど……どうして制服なの？」

初めての撮影会は勉強会だから制服だったのもわかるが、今回のコンセプトは〝休日に気になるクラスメイトの男の子を家に招いて二人きりでお茶会をする。いつの間にか甘い空気に……〟というもの。制服はおかしいのではないだろうか。

「あぁ、それはこれから着替えるからです。撮影してもらう服は初めて着るものなので外出には恥ずかしくて……」

ルイボスティーが注がれたコップを俺に手渡しながら四ノ宮さんはぽすっと俺の隣に腰掛ける。しかも肩が触れそうなほどの近い距離。

「な、なるほど？」

外に着ていくのが恥ずかしい服とはいったいどんな服なんだ、と困惑する。前回の競泳水着を凌《しの》ぐ私服なんてことはないだろうな。それはそれで見てみたいが。

「あとは未練というかなんといいますか……やっぱり撮っていただきたいなと思いまして……」

「撮るって、なにを？」

「決まっているじゃないですか。私が着替えているところですよ」

言わせないでくださいよ、と拗《す》ねたように唇を尖《とが》らせる四ノ宮《しのみや》さん。対する俺は肩を竦《すく》めながら重たいため息を吐《つ》く。

諦めていなかったのか、というよりそんなに着替えているところを撮られたいのか。ここまでくると未練というより執念じみたものを感じるのは気のせいか。

「気になる男の子を家に招いて初めて着る服を披露することに。その時、部屋の扉が開いていて着替えているところを覗《のぞ》かれてしまって……ってシチュエーション……ってやつです。どうですか？」

「どうですか？　って言われても……」

予定より撮れる画《え》が増えるのは悪いことではない。そこに物語性が生まれるなら尚更《なおさら》喜ばしいことだ。けれどそれは写真集などを作る時の話。クラスメイトの女の子が着替えているところを撮るなんてとてもじゃないができない。

葛藤する俺の心境を見透かしたかのように、四ノ宮さんはニヤリと口角を吊《つ》り上げる。そして俺の肩にそっと手を置くとすぅと顔を耳元に近づけて囁《ささや》いた。

「本当に撮りたくはないんですか？　わざとドアに隙間を作って、男の子に覗き見されることを期待している女の子を。どんな表情をするか気にならないのですか？」

「……っく」

この小悪魔め、という悪態と。さてはこいつ、天才か。という称賛の言葉が同時に心の中に浮かぶ。目論見《もくろみ》通りに着替えを覗き見された時、その四ノ宮さんはどんな表情をするのか。想像ができないからこそ写真に撮りたくなる。

「わ、わかった……」

本能に抗《あらが》うことはできなかった。ほんのわずかでも撮りたいと思ってしまった時点で俺の負けだ。

「フフッ。庵野《あんの》君ならそう言ってくれると信じていました。ありがとうございます」

そう言いながら俺から身を離す四ノ宮さんは心底嬉《うれ》しそうな顔をしていた。どうやら何から何まで思い通りに動かされる一日になりそうだ。ただ質《たち》の悪いことにそれを悪くないと思う自分がいる。それどころか楽しいとさえ感じているので頭が痛い。

「ホント、庵野君は顔に出やすいですね。そういうところ、可愛《かわい》くて私は好きですよ」

「……好きとか安易に口にしない方がいいぞ。勘違いする奴《やつ》が出て大変なことになるからな」

「別に勘違いしてもいいですよ、って言ったらどうしますか？」

立ち上がり、四ノ宮さんはこともなげに言ってのける。叫び声を上げたくなるのを寸前で堪《こら》えたのは奇跡だ。わかっている。これも俺をからかうための罠《わな》だ。ここで挑発に乗ればどうなるかは移動中に経験した通りだ。故に、ここでの最適解は押し黙ること。

四ノ宮《しのみや》リノアファンクラブの会員達に教えてやりたい。お前達が推しているお姫様は人の純情を弄ぶのが大好きな小悪魔だぞと。

「庵野《あんの》君がいい感じに混乱したところで、そろそろ今日の撮影場所に移動しましょうか。ついて来てください」

「移動するってどこへ？」

「？　決まっているじゃないですか。私の部屋ですよ」

またしてもこともなげに言い放つ四ノ宮さん。当然だよなと思う一方で四ノ宮さんの私室という言わば聖域に入ることへ抵抗を覚える。

「い、いいのか……俺なんかが四ノ宮さんの部屋に入って？」

「もちろん。それに言いましたよね？　私の色々な初めてを庵野君に貰《もら》われちゃいそうです、って。この意味がわかりますか？」

「つ、つまり四ノ宮さんの部屋に入る男は俺が初めてってことか？」

「その通りです、と言いたいところですが微妙に違います。友達として私の部屋に入るのは庵野君が初めてです」

この訂正は些細《ささい》なようで受け取り方によっては大きな違いがある。四ノ宮さんにとって友達と呼べる人は本当にいなかったんだなと悲しさを覚える。

「ほら、ぼぉーっとしていないで行きますよ！　撮影を始める前にカメラの設定とかドアの隙間の具合とか調整とかやることたくさんあるんですから！」

そう言って四ノ宮さんは俺の手を取ると部屋に向かって歩き出す。

四ノ宮邸は庭付きの二階建て。プールこそないものの高級住宅街の中でもひと際目立つ造りとなっている。

彼女の私室は二階にあるとのことで階段を上る。リビングからそこまでのわずかな距離を俺達は一言も話さなかった。

休日。俺達以外に誰もいない静寂の中にドクン、ドクンと心臓の音が響き渡っているように錯覚する。手汗も滲《にじ》んでくる。ドキドキしているのがバレませんようにと祈りながら前を歩く四ノ宮さんの背中を見たら耳から首にかけて赤くなっていた。

「着きました！　ここが私の部屋です！」

どうぞ、と言いながらガチャッとドアを開ける四ノ宮さん。誰も足を踏み入れたことがない聖域。その中は意外と、と言ったら失礼になるかもしれないが女子高生の部屋にしては飾り気の少ない質実としたものだった。

「私は着替えの準備をするので、その間に庵野君は覗《のぞ》き見具合などの調整をお願いします」

「了解」

四ノ宮さんが部屋の中に入ったのを確認してから俺は一度ドアを閉めた。そこから徐々に開け、隙間にカメラを突っ込んでみたりして微調整を行う。

狭すぎては四ノ宮《しのみや》さんの姿を撮れないいし、開けすぎても覗《のぞ》き見感が失《う》せてしまう。実際にシャッターを切って雰囲気を確認する。

「どうですか、庵野《あんの》君？　いい感じに撮れそうですか？」

「うん、これで行けると思う。四ノ宮さんの方は大丈夫？」

「はい！　私の方はいつでも行けます！　ただ服が似合うかどうかちょっと不安ですけど」

「四ノ宮さんに似合わない服なんてないと思うけどなぁ……」

絶世の、と冠に付けても誇張にならない美女である四ノ宮さんに似合わない服があるなら教えてほしいくらいだ。ナースに警官、メイドやバニーにスーツ姿と何でもござれ。

「フフッ。お世辞でもそう言ってくれるのは嬉《うれ》しいです。ありがとうございます」

お世辞じゃないんだけどな、と俺はカメラの設定をいじりながら答える。四ノ宮さんに着てもらえたら服だって本望のはずだ。

「そうだ！　今度一緒にお洋服を買いに行きませんか？　私のことを庵野色に染めてください！」

「言い方がおかしいからな!?　コーディネートとか他にも言い方があるからな!?　言葉のチョイスに気を付けような!?」

もう少し使う言葉には気を遣ってほしいものだ。俺じゃなかったら今頃大変なことになっていたと思う。具体的にどうと言うのは憚《はばか》られるが。

「私にどんな服を着せてくれるのか。庵野君の性癖……ではなくて趣味、でもなくてセンスに期待しておきます！」

「性癖って言っちゃっているからな⁉　まったく、俺のことを何だと思っているんだよ……」

「私のことを一番よく知っている人だと思っていますよ。色んな意味でね」

さも意味ありげなように言う四ノ宮さんの口元には妖しい微笑が刻まれていた。俺はドキッとしつつも勘弁してくれと呟《つぶや》きながら肩を竦《すく》める。

「わかったよ。いつか買い物に行くことになったら四ノ宮さんに一番似合う服を選んであげるから覚悟しろよ？」

「それは楽しみです。絶対に行きましょうね、と約束したところで。そろそろ撮影に移りませんか？」

「……そうだな」

俺はため息を吐《つ》きながら頷《うなず》いた。このまま話を続けていたら恥の上塗りをするだけ。その沼から抜け出せるならそれに越したことはない。

「こっちの準備はできているからいつでも大丈夫。四ノ宮さんのタイミングに合わせるよ」

「わかりました。私はどの辺に立ったらいいでしょうか？」

着替えているところを覗《のぞ》き見されたくてドアを開けているという設定ならギリギリ見えるくらいがいいだろう。そうすると立ち位置的にはベッドサイド近くが最適解か。あと気を付けることとすれば――

「着替えている時はなるべく正面……カメラの方に身体《からだ》は向けないようにしよう。視線や顔は向けるにしても制服を全部脱いでからがいいと思う」

「……なるほど」

顎に手を当てて四ノ宮《しのみや》さんは黙ってイメージを膨らませる。狙い通りに覗き見されていたことに気付いた時、どんな表情をするのか。私服を撮る前の一番の見せ場と言っても過言ではない。

「ところで庵野《あんの》君。始める前にお尋ねしたいのですが……今日は二台カメラを使うんですか？」

「ん？　そういえば言ってなかったね。正確には写真を撮る用の一台と動画を撮る用の一台だよ」

手に持っているのはこれまでも撮影に使っていたカメラだが、それとは別に今日は三脚を立ててそこに別のカメラも設置している。

「覗き見をしている設定なら、視点を固定するのもありかなって思ったんだよ。写真とは違って動画なら長回しもできるし」

　ただしこれは写真では収められない一瞬を逃さないためのいわば保険のようなものだ。メインはあくまで静止画だ。

「それなら動画用のカメラはクローゼットの中に入れませんか？　ドアの隙間より部屋から撮影した方が隠し撮りの雰囲気が出ていいと思います」

　そう言いながら四ノ宮さんは三脚ごとカメラを持つとクローゼットの扉を開いて中へしまった。あまりの即断即決ぶりに呆気《あっけ》にとられて俺は頭を振って止まっていた脳みそを再起動させる。

「いやいやいや⁉　さすがにクローゼットの隙間からはやばくないか⁉　本当の隠し撮りになるじゃないか！」

「合法的な隠し撮りってやつですよ。撮られる人間が了承しているので問題ありません。それより角度などの調整をしてください」

　俺の言葉を完全に無視して笑顔で四ノ宮さんは宣《のたま》う。目が笑っていない。どうやらマジの隠し撮りをご所望のようだ。そしてそれを拒否する権利はもちろんない。

「ハァ……わかりましたよ。お姫様の言う通りにします。ちょっと待ってくださいね」

　渋々、そして緊張しながら俺は四ノ宮さんの部屋へと足を踏み入れる。その瞬間、鼻腔《びこう》に届く女の子特有の脳が蕩《とろ》けるような甘い香り。正気を失わないように心を強く持って俺は調整を行う。

「三脚じゃちょっと低いな……」

クローゼットの中に隠れている設定にするならカメラは目線の高さに置きたい。ただ用意した三脚では微妙に高さが足りない。

「それなら衣装棚の上に置いたらどうですか？」

四ノ宮《しのみや》さんに言われてカメラを衣装棚の上に置いてみると確かに高さはばっちり。これなら理想的な隠し撮りが出来そうだ。あとは先程のように画角と隙間の調整とスマホで遠隔操作できるように設定したら準備完了だ。

「ふぅ……お待たせ、四ノ宮さん。行けるかな？」

「はい！　イメトレは完璧です！　任せてください！」

フンスッと鼻息を鳴らして自信満々に答える四ノ宮さん。二度あることは三度あるとのことわざ通り、不安がないと言えば嘘《うそ》になる。ただこれで撮影も三回目。割り切って臨むことも大事だ。

俺は深呼吸をして気持ちを落ち着かせる。その間に四ノ宮さんは立ち位置を調整して準備を整える。

「いつでも行けますよ、庵野《あんの》君」

「了解。脱ぐ順番は四ノ宮さんに任せる。それじゃ……始めようか」

わかりました、と小さな声で呟《つぶや》くのを聞いてから遠隔操作で動画を回す。

ブラウスなのか、それともスカートからなのか。普段の四ノ宮さんは家に帰ったらどんな風に着替えるのか。そのすべてを収めるために俺はカメラを構える。

「……」

ゆっくりと制服に手をかける四ノ宮さん。

彼女がまず外したのは胸元のリボン。それはそうだよねと納得しつつ、シュルリと解《ほど》いてそのまま床へ落とす様子を連射モードで撮影する。

淀《よど》みなく、ごく自然な流れで四ノ宮さんはスカートのファスナーを下ろす。ジィイイと金属音がやけに大きく聞こえる。次に起こることを想像して口の中が乾燥する。

四ノ宮さんがスカートを脱ぎ始める。ゆっくりと下ろしながら足を抜く。そのなんてことない仕草が妙に艶《なま》めかしい。

長くしなやかで綺麗《きれい》な足。露《あら》わになるショーツ。今日のそれは季節外れに咲き誇る満開の桜色。可憐《かれん》で純潔。とても似合っている。

ドクン、ドクンと昂《たかぶ》る俺の心臓とは対照的に。四ノ宮さんは平然とした様子でブラウスのボタンを一個ずつ、ゆっくりと外していく。

これは撮影だとわかっていても期待と罪悪感に胸が膨らむ。震えるなと己の両手に言い聞かせながらその瞬間を待つ。

『早く、脱いでほしいですか？』

そんな囁《ささや》きが聞こえてきたと思ったのと、四ノ宮《しのみや》さんが口角を妖しく吊《つ》り上げながら肩からブラウスをすぅと落としたのは同時だった。

穢《けが》れを知らない初雪のように白い肌。ショーツと同じ色、桜の花びらがあしらわれた繊細な柄。それに包まれたたわわに実った魅惑の果実。初めて見るわけでもないのに心拍数が急激に上昇する。

激痛を覚えるほど鼓動する心臓。酸素を求めて口を開くが呼吸の仕方がわからなくなる。それでも俺は淫靡《いんび》なクラスメイトの姿を記録に収めるべく写真を撮り続ける。

そんな哀れな男の子のことなんて最初から気付いていましたよと言わんばかりに四ノ宮さんは微笑《ほほえ》みながら身体《からだ》をドアの方に向ける。

「――はっ⁉」

ファインダー越しに艶美に微笑む四ノ宮さんと目が合って俺は驚きのあまり尻もちをついた。

これは演技。四ノ宮さんはあらかじめ決めておいたシチュエーション通りにやっただけ。そんなこと頭ではわかっているのに何故《なぜ》か本当に覗《のぞ》き見をしているのがバレて焦る反応をしてしまった。

「どうせ見るならもっと近くで見てくれていいですよ？　それとも……庵野《あんの》君が見たいのはお着替えではなくて私の下着姿ですか？」

甘美な声でそう言いながら、四ノ宮さんは四《よ》つん這《ば》いとなって近づいて来る。下着に包まれていながらたゆんと揺れる双丘が画面いっぱいに広がる。

勇気を出して少し手を伸ばせば触れられる距離。カメラ越しでも伝わってくる豊潤な香りと柔らかさ。前世でどれほどの徳を積めば、これらを手中に収めて独占できるのだろうか。

「……よ、よし！　制服を脱ぐシーンはこれくらいにして次に移ろうか！」

そんなことを考えながらもやることを終えた俺は即座に立ち上がって四ノ宮さんに背を向ける。あわせてスマホを操作して動画撮影も一度止める。数秒遅かったら理性が死滅していて事件が起きていたところだ。

「わかりました。次は服を着ていけばいいんですよね？」

「そうなんだけど……着替えを覗き見されていることに気付いた感じの写真になったから構図は変えないとおかしくなるよなぁ……」

制服を脱ぎ、下着姿になったら視線に気付く。ここまでは完璧だったがまさか四つん這いになって迫ってくるのは想定外だった。さながら獲物を捕らえた雌豹《めひょう》のような美しさと艶《なま》めかしさがあって最高という言葉では足りないくらい良い写真を撮ることが出来た。

その反面このまま廊下から覗《のぞ》き見スタイルで撮り続けるのはシチュエーションの流れ的には無理がある。

「部屋の中に入って撮ればいいだけではないんですか？」

キョトンと小首をかしげながら、何を悩む必要があるのかとさも当然のように四ノ宮《しのみや》さんは言った。返答に困っている俺を無視してさらに話を続ける。

「覗き見されていることに気付いた女の子は男の子を叱るどころか手を取って部屋へ招き入れる。そして鼻息が荒くなった彼の目の前でゆっくりと服を着始める。これなら完璧では？」

「……た、確かに」

ぐうの音も出ないとはまさにこのこと。アドリブを上手《うま》くストーリーに取り入れつつ違和感がない構成に軌道修正がなされている。あえて懸念点を挙げるとすれば下着姿の四ノ宮さんが服を着るのを焦《じ》らして弄ぶのではないかということくらいか。

「決まりですね。なら早速こちらへ来てください！」

「ちょ、引っ張らないでくれ！　もう少し心の準備をさせてくれ！」

四ノ宮さんに手を引かれ、覚悟が固まり切る前に部屋の中へ連れ込まれる。そのままベッド近くの床を指さされて座るように促される。

指示されるまま俺はそこに正座すると、四ノ宮さんはそのすぐ近くに立って妖しく微笑《ほほえ》みながら俺を見下ろしてくる。気持ちは判決を待つ被告人のそれだ。

「フフッ。どうして正座をしているんですか？　その姿勢では写真も撮り難《にく》いのではないですか？」

　無意識なのかそれとも狙ってなのかはわからないが、四ノ宮さんは押し上げるように胸の下で腕を組んでクスクスと笑う。ただでさえ扇情的な下着姿で目のやり場に困るのに、むにゅと形が変わっているのを見せつけられたらどこに視線を向けたらいいかわからなくなる。

「いや、なんかそうしないといけない気がして……」

「あっ！　それともあれですか？　正座をしないといけない理由があるんですか？　例えば……」

　言いながら四ノ宮さんは視線を俺の腹部へと向けてくる。そしてしゃがんで耳元に顔を近づけ囁《ささや》く。

「私の身体《からだ》を見て……興奮してしまったんですか？」

「——⁉⁉」

　あまりにも直球な物言いに俺の口から声にならない悲鳴が出る。

　四ノ宮さんは本当に小悪魔だ。「下着」ではなく「身体」と言うのも質《たち》が悪い。俺は後《あと》退《ずさ》るがすぐに壁にぶつかり逃げ場を失う。万事休す。そう思われたが何故《なぜ》か四ノ宮さんはそれ以上追ってくることはなく、それどころかニヤリと笑って距離を取った。

「庵野《あんの》君もちゃんと男の子で安心しました」

「……は、はい？」

「ちゃんと私で興奮してくれたってことですよね？　自信を失わずに済んでよかったです」

そう言って嬉《うれ》しそうにニコリと笑う四ノ宮《しのみや》さん。空き教室の一件から四ノ宮さんの肌を見るのはこれで五度目になるが、その度に俺がどれだけ理性を手放さないように必死になっているかわかっていないのだろうか。

「フフッ。庵野君の興奮が冷めないうちに後半戦へと参りましょうか。カメラ、構えてください」

「あ、あぁ……わかった」

撮影のペースまで四ノ宮さんに握られたことに俺は嘆息しつつ、手持ちのカメラを構えながらクローゼットのカメラの動画を回す。

「いつでも始めていいよ、四ノ宮さん」

「わかりました。では早速……」

そう言って俺に背を向けて。四ノ宮さんは後ろに手を回すとカチャッとホックを外し、肩の紐《ひも》も外してそのままスルリと床に落とした。その一連の流れを連写で収めることが出来たのは奇跡だ。

露《あら》わになる、神が創造した彫刻のような流麗な背中。それを初めて見るのが自分であり、さらに記録に収めることが出来ると思うと身体《からだ》が熱くなる。

カシャッ。カシャッ。カシャカシャ。小気味のいい音が二人きりの静かな部屋に鳴り響く。二度と拝むことが出来ないであろう四ノ宮さんの裸身を俺は半ば無意識に撮影する。

「少し身体を捻《ひね》ってくれる？　見返り美人のイメージで」

「ええ、わかりました」

胸元は手で隠してね、と俺が言うまでもなく。四ノ宮さんは胸を両手で隠しながらくるりと振り向いた。俺の要望に平然と受け答えしていたがその実、顔は朱色に染まっていて恥ずかしそうにもじもじとしている。

「あ、庵野君……さすがにこれは、ちょっと……恥ずかしいです」

「動かないで」

身体をくねらせる四ノ宮さんに俺は小さく言って撮影を続ける。正面だけでなく左右や下からの煽《あお》り、時にはポージングの指示を出しながら彼女の魅力を最大限に引き出すように最善を尽くす。かつてないほど集中している自信がある。

「あの……私の身体に夢中になってくれるのは嬉しいのですが、そ、そろそろ服を着てもいいですか？」

「あぁ、ごめん！　それじゃまた俺に背中を向けて服を着ていこうか」

「むぅ……わかりました」

何故《なぜ》か拗《す》ねたような声で言いながら四ノ宮《しのみや》さんはくるっと背を向けて、ベッドに綺麗《きれい》にたたんである服に手を伸ばした。

「んっ……しょっ」

可愛《かわい》い声を出しながら四ノ宮さんは服に袖を通す。正面がどうなっているかわからないが、背中はぱっくりと露出している上に腰上までしか丈がない。

続けて下を穿《は》いていく。長い足をすぅと通してキュッとお尻を持ち上げる。そんななんてことのない動作さえも色気がある。

「最後はっと……」

ベッドサイドに腰を下ろした四ノ宮さんは身体《からだ》を俺に向ける。そして見せつけるように足を上げて純白のストッキングを穿いていく。その様子を俺はカメラ越しに固唾を呑《の》んで見守る。

「……き、着替え終わりました」

下着姿で挑発してきたのとは打って変わり、どこか不安げに言いながら四ノ宮さんはゆっくりと立ち上がった。

「ど、どうでしょう？　初めて着る服なんですが……似合っていますか？」

珍しいなんてものじゃない。学校でも、撮影会でも、ここまで自信がなさそうにする四

ノ宮さんは初めて見た。その様子に目を奪われた俺は返事を返す前に一枚写真を撮る。

「あっ！　どうして感想を言う前に撮るんですか⁉」

「ごめん、ごめん。もじもじする四ノ宮《しのみや》さんがあまりに可愛《かわい》くてつい手が勝手にね」

「か、かわっ⁉　もう、からかわないでください！」

顔を真っ赤にして叫ぶ四ノ宮さん。そんなつもりは毛頭ないし、何なら可愛いとか綺麗《きれい》なんて言葉は撮影中に何度も口にしているので今更照れることはないだろうに。

「アハハハ……えっと、服の感想だよね？　もちろん似合っているよ。街を歩いて十人の人とすれ違ったら三十人は振り返るくらい似合ってる」

何を言っているかわからないと思うが、俺が言いたいのは今の四ノ宮さんを見たら誰も彼もが見惚《みと》れるだろうってことだ。

彼女が撮影のためにチョイスした服はオフショルダー。それもデコルテと胸元を大胆に露出させたデザイン。さらに丈も短いのでへそとお腹《なか》が丸見えだ。これでは上半身を直視することはできない。

かといって視線を下に向ければ超が付くほど短いショートパンツに膝上まであるストッキングに包まれた美脚と絶対領域がある。

可愛いとセクシーの完璧な融合。以前見た私服の系統から四ノ宮さんは肌の露出は控えめというか、清楚《せいそ》寄りの服が好きなのかと思っていた。だからこそ、そのギャップに俺は言葉を失ったわけだが。

「つまり何が言いたいかって言うと、四ノ宮さんが着ないだろうなって服を着てびっくりしたってことかな。それがまた似合っていたからなおさらね」

「私が着ない服……やっぱりそう思いますよね……」

何気なく言った、称賛の意味で口にした言葉にどういうわけか四ノ宮さんの表情が曇り、俯《うつむ》いてしまった。

「えっと……四ノ宮さん？」

気まずい空気が漂う。困惑しながら声をかけると、四ノ宮さんはハッとなってすぐに顔を上げた。笑みを浮かべているが精一杯の虚勢であることは言うまでもない。

「イメージしていたのと違っていたけど、似合ってないわけじゃないからね？　むしろすごく可愛いからね？」

「庵野《あんの》君の言葉を疑っているわけじゃないんです。そう言ってくれるのはすごく嬉《うれ》しいんです。ただ……」

そこで言葉を切り、四ノ宮さんはギュッと唇を噛《か》みしめながら辛《つら》そうな顔になる。そして、再び口を開こうとしたところでガチャッと玄関のドアが開く音が聞こえてきた。

「「え？」」

今日は誰も帰って来ないはずじゃなかったのか。そう思って四ノ宮さんの方を見ると彼女もまた突然の事態に困惑していた。

「ただいまぁ――――！　って誰かいる？」

下から聞こえてきたのは澄み透った清涼な女性の声。それを聞いた瞬間、四ノ宮《しのみや》さんの肩がビクッと震えて、まるで恐怖に耐えるかのように自分の身体《からだ》を両手で抱きしめる。

「し、四ノ宮さん？　帰って来たのってもしかして……？」

「あ、姉です。帰って来るはずない姉が帰って来たみたいです」

震えた声で話す四ノ宮さん。顔からは血の気が引いて蒼白《そうはく》となっている。客観的に見れば両親のいない家にクラスメイトの男子を招いて部屋で写真撮影――しかも肌の露出のある服で――をしているのは不健全に思われるかもしれない。それにしたって四ノ宮さんの反応はちょっとおかしい。思考が完全に停止している。

「俺、どこかに隠れておいた方がいいかな？」

「……そ、そうでした！　庵野《あんの》君、とりあえずいったんどこか……布団の中に隠れてください！　私が適当に誤魔化《ごまか》しますので帰るまではそこで――」

「いやいや⁉　布団の中はまずいって⁉」

再起動したかに思えた四ノ宮さんだったが思考は暴走しており、俺は彼女に手を引かれてそのままベッドに押し倒された。

「リノア――――？　もしかしてお友達でも来てるの？」

珍しいねぇ、とどこか嬉《うれ》しそうな声とともに部屋のドアが開いた。終わった。俺の人生はここでゲームセットだ。

「……えっと、リノア？　これはどういう状況かな？」

困惑した様子で尋ねる来訪者。その容姿は四ノ宮さんに似て整っており、可愛《かわい》さ、可憐《かれん》さの中に四ノ宮さんにはまだない大人らしい綺麗《きれい》さがある。これが平時の街中だったら思わず呼吸をするのを忘れて見惚《みと》れていただろう。

「え、えっと……お姉さん？　これは、その……」

俺は必死に言い訳を考えるが悲しきかな、言葉が全く出てこない。そもそも俺が四ノ宮さんのベッドに押し倒され、かつ馬乗りになられている側なので何か言うとしたら俺ではない。

「ねぇねぇ、リノア！　それって私がこの間雑誌で着た服だよね⁉　もしかして同じの買ってくれたの⁉」

「……はぁ？」

高いテンションのお姉さんとは裏腹に四ノ宮さんの声は酷《ひど》く冷淡なものだった。

四ノ宮さんらしくない肌の露出の多い服だとは思っていたが、モデルのお姉さんが着用していたものだったのか。合点がいった。

「別に、たまたまです」

四ノ宮《しのみや》さんは苦虫を噛《か》み潰《つぶ》したというか、一番見られたくない人に見られてしまったと言わんばかりの顔になる。そんな彼女の反応は一切無視して四ノ宮さんのお姉さんはズカズカと入ってきて、

「あっ！　雑誌も買ってくれてるじゃん！　しかも私が載っているやつ全部！　お姉ちゃん、嬉《うれ》しいぞ！」

テンション高く、キラッと流星が煌《きら》めくような口調で話す。四ノ宮さんとは似ても似つかない。四ノ宮さんを静かに照らす月とするなら、お姉さんは燦々《さんさん》と煌めく太陽といったところだろう。姉妹でここまで性格が違うものなのか。

「それはそうと、リノアが押し倒してる男の子は誰かな？　もしかしてこれからエッチなことをしようとしていたのかな？」

「エエエ、エッチなことなんてとんでもない！　俺と四ノ宮さんはそういう関係じゃありませんから！　そうだよね、四ノ宮さん⁉」

「ええ、庵野《あんの》君の言う通りです。お姉ちゃんと一緒にしないでください」

必死に弁明する俺とは対照的に四ノ宮さんは至って冷静に言葉を返しながら俺の上から降りる。とはいえ傍《はた》から見ればあの体勢はいかがわしいことをする一歩手前だ。いくら反論したところで無意味だろう。

「まぁリノアがそう言うなら信じてあげないこともないけど……その前に男の子を紹介し

てくれるかな？　その子はリノアの彼氏君なのかな？」

「違います。庵野君と私はただのクラスメイトでお付き合いをしているわけじゃありません。すぐに色恋に結び付けないでください」

なんていうか、本当に付き合っていなくても感情の籠ってない声で断言されるとちょっと悲しくなるな。というかお姉さんに対して四ノ宮さん、塩対応過ぎないか？

「いやいや、自宅に誰もいない時に自分の部屋に連れ込んでベッドに押し倒しているのに『付き合っていない』は無理があるってお姉ちゃんは思うよ？　というか付き合ってないなら尚更《なおさら》ダメでしょう？」

ぐうの音も出ない正論である。ここからどう言い訳をすれば挽回《ばんかい》できるのか俺にはさっぱり思いつかない。

「庵野君をベッドに押し倒したのは不可抗力です。いきなりお姉ちゃんが帰ってきて驚いて隠れていただこうとしただけです」

やれやれと呆《あき》れた様子で肩を竦《すく》めるお姉さんに対して、四ノ宮さんは変わることなく平《へい》坦《たん》な声で言葉を返す。その間で俺は右往左往する。

「まぁ今度は布団じゃなくてクローゼットを――ってちょっと待って。リノアの彼氏君候補の名前、庵野君って言ったよね!?　もしかしてあの庵野巧《たくみ》君!?」

「え、えぇ……そうですけど……どうしてお姉ちゃんが庵野君の名前を知っているんですか？」

　戸惑いながら何故《なぜ》か視線を俺に向けてくる四ノ宮《しのみや》さん。もしかして知り合いなんですか、とアイコンタクトで尋ねられた気がして俺は全力で首を横に振る。

「そっかぁ。キミが噂《うわさ》の雪《ゆき》ちゃん専属カメラマンのたっくんかぁ　まさかリノアのクラスメイトだったなんてね。世間は意外と狭いもんだねぇ」

　ニシシと笑いながらずいっと距離を詰めてくるお姉さん。この辺りは四ノ宮さんとそっくりだ。甘い蜜のような香りの四ノ宮さんと違ってお姉さんは爽やかな柑橘《かんきつ》を身に纏《まと》っていた。そんなことより。

「えっと……もしかしてユズハさんのことをご存知《ぞんじ》なんですか？」

　ちなみに雪とはユズハさんの本名である。

「もちのろん！　雪ちゃんは同じ大学に通っていた先輩だったんだよ！　それが今じゃトップレイヤーになっているんだから驚きだよね！」

　後輩として鼻が高いね、と言ってお姉さんは呵々大笑《かかたいしょう》する。一度話し出したら止まらない、まるで嵐みたいな人だな。

「雪ちゃんのお眼鏡に適《かな》うなんてすごいねぇ……あっ、そうだ！　もしよかったら私のことも撮ってくれない？」

「「……え？」」

俺と四ノ宮さんの声がまたしても重なる。

「SNSに投稿するための写真を撮るのがいつも大変でさぁ。雪ちゃんには私から話を通しておくから！　ねっ、お願い！」

この通り、と両手を合わせて頭を下げてくるお姉さん。どうやらお姉さんはユズハさんが俺に自分以外を撮らせたがらないことまで知っているらしい。ただ大学の後輩とはいえ、ユズハさんがオッケーを出すとは考えづらい。というか後から俺がユズハさんに怒られかねないのでここは丁重にお断りを――

「ダメです！　庵野《あんの》君はお姉ちゃんには渡しません！」

俺が口を開くより前に、四ノ宮さんが俺の腕にギュッと抱き着いてきてお姉さんに牙を剝《む》いた。ついさっきまでの塩対応はどこへやら、今はまるで仇敵《きゅうてき》と再会したかのような反応を見せる。

「えっ、どうしてダメなの？　庵野君とリノアは別に付き合っているわけじゃないんだよね？　なら私と庵野君が二人きりで撮影会をしてもとやかく言う権利はリノアにはないんじゃない？」

「それとこれとは話は別！　ダメなものはダメなんです！」

「もう、わがままなんだから。そんな態度をとっていたら庵野君に愛想つかされちゃうよ？」

「いや、別にそんなことは……」

ぐぬぬと唸《うな》り声を上げる四ノ宮《しのみや》さんに対して不敵な笑みを浮かべるお姉さん。まるで大人と子供の戦いだ。

「庵野《あんの》君はどうかな？　雪《ゆき》ちゃんだけじゃなくて色んな人を撮った方が勉強になると思うよ？　何なら知り合いのプロカメラマンを紹介することだって――」

「――取らないで」

お姉さんの言葉に被《かぶ》せるように小さな、けれどハッキリと聞こえる声で四ノ宮さんが呟《つぶや》いた。そして、

「私から庵野君を取らないで。これ以上、もう何も……私から大事なものを取らないでよ！」

四ノ宮さんは涙混じりの声で叫んだ。あまりにも悲痛な訴えに俺は困惑する。この二人の間に何があったのか。それを物語るかのようにお姉さんは眉を下げてどこか申し訳なさそうな苦悶《くもん》の表情になる。

「出て行って……今すぐ私の部屋から出て行って！」

「……うん。わかった」

ごめんね、リノア。そう言い残してお姉さんは俺達に背を向けて静かに部屋を後にした。その背中はとても小さく見えた。空気が重たい。

俺の腕にしがみつく四ノ宮さんの身体《からだ》はまだ小刻みに震えているが、どうしたらいいかわからない。そんな自分が情けなくなる。

それからしばらくしたらガチャッと玄関のドアが開く音が鳴り、再び広い家に四ノ宮さんと二人きりとなった。

「ごめんなさい、庵野君。せっかくの撮影会が台無しになってしまいましたね」

人の気配がなくなってから、ようやく落ち着きを取り戻した四ノ宮さんは一度大きく息を吐いてから苦笑いを零《こぼ》した。

「まぁ上手《うま》くいかない日もあるよ。時間はまだあるけどどうする？　続き、する？」

努めて冷静に。俺は答えのわかりきった問いかけをする。これくらいしか言葉が思いつかなかった。案の定、四ノ宮さんはふるふると首を横に振った。

「……わかった」

俺は一言そう言ってから、クローゼットに仕込んでいたカメラを回収して撤収の準備を始める。お姉さんとの関係を聞く勇気はなかった。

「ダメですね、私は。姉が着ていたものと同じ服を着たら少しは変われるかと思ったんですが……いくら外見を真似《まね》たところで私は私のままですよね」

「四ノ宮さん……？」

「今日はありがとうございました、庵野君。何だかんだ言いながら私のわがままに四回も付き合ってくれて感謝しています」

「……わがままというか脅迫だったけどな」

「フフッ。確かにそうでしたね。まぁもとはと言えば私の行為を隠し撮りした庵野《あんの》君が悪いんですけどね」

いつものように俺をからかって笑う四ノ宮《しのみや》さんだがそこに力強さはなくて。短い付き合いでも空元気だとわかる。だから俺は努めて明るく振舞う。

「次の撮影はどうしようか？　思い切って外ロケに挑戦してみるか？　それとも店長にお願いしてスタジオを借りるのはどうかな？」

「……いいえ。もう十分撮っていただけましたから大丈夫です。これ以上はさすがに庵野君も迷惑だと思いますから」

「いや、別に……」

迷惑なんてことはない。これからも撮らせてほしい。そう俺が言おうとしたらすぅと四ノ宮さんの指が伸びてきて俺の口元に添えられた。

「これまで撮っていただいた写真の編集作業もありますよね？　完成するのを楽しみにしています」

気を付けて帰ってくださいね、と慈愛に満ちた天使のような笑みを浮かべていたが、俺を見送る四ノ宮さんは申し訳なさと不甲斐《ふがい》なさ、そして後悔が入り混じった顔になっていた。

そしてこの日を境に、四ノ宮さんから撮影の要望は来なくなった。

第6話：縁は意外と近いところに転がっている

四ノ宮《しのみや》さんの自宅での撮影から数日が経《た》った。

最後こそまさかのお姉さんとのバッティングはあったものの、撮影会自体は成功だったと思う。その証拠に制服を一枚一枚脱いでいっている時のポージングや表情は四度目とは思えないくらい様になっていた。それこそ今すぐにモデルとしてデビューしたら即頂点に立てるレベルだった。

クローゼットの中から撮影した一連の様子を収めた動画も確認したが、覗《のぞ》いてはいけないものを見てしまった背徳的な感覚を覚えたので四ノ宮さんには『上手《うま》く撮れていなかった』と説明した上でデータファイルの奥底へと封印した。削除に踏み切れなかったのは俺の心が弱いからである。

「おはようございます、庵野《あんの》君」

「おはよう、四ノ宮さん」

四ノ宮さんとお姉さんの確執を目の当たりにしたとはいえ、四ノ宮さん自身はこれまでと変わっていないように見える。登校したら挨拶もしてくるし、クラスメイト達とも楽しそうに談笑している。

ただ違うのは、これまで撮影が終わったらすぐにしていた次の予定決めがなくなったことくらい。

四度目の撮影会が決まらないということはつまり脅迫関係が終わったと思って安堵《あんど》するところかもしれない。だけど、

『これ以上、もう何も……私から大事なものを取らないでよ！』

俺の頭の中から悲痛な叫びを上げた四ノ宮さんの顔が離れてくれない。あそこまでお姉さんに言ったのは何故《なぜ》なのか。この数日、答えの出ない問題をずっと考えていた。

「巧《たくみ》、ちょっと付き合え」

放課後。支度を済ませて帰宅しようとしたら、珍しく剣呑《けんのん》な顔をした新《あらた》がこれまた珍しく有無を言わせない声色で話しかけてきた。

「……また四ノ宮さん絡みならお断りだぞ？」

「そうだよ。だから黙ってついて来い」

あまりにも真剣な新の表情に俺は何も聞かず、言われた通りに新の後ろに続いて教室を出た。

ちなみに隣の席の女子生徒はＨＲが終わるなり早々に一言も残さず帰宅している。それ

どころか彼女の家で撮影をして以降、朝と帰りに軽く挨拶はするもののそれ以上話しかけられることはなくなった。当然からかわれることも。

「なぁ、巧《たくみ》。単刀直入に聞くが四ノ宮《しのみや》さんとなんかあっただろう？」

連れてこられたのは昼休みに密会していた屋上。雲一つないオレンジ色の綺麗《きれい》な夕日を一緒に観《み》る相手が四ノ宮さんじゃないのは残念だ。

「これで何回目だ？　いい加減に飽きろよな。俺と四ノ宮さんは別にお前達が邪推するような関係じゃないぞ？」

「お前、本気で言っているのか？　巧と四ノ宮さんの仲が良《い》いのは周知の事実になっているからな？　まさか気付いていなかったとか言わねぇよな？」

「……ノーコメントで」

視線を逸《そ》らしながら俺が答えると、新《あらた》はハァァァと肩を竦《すく》めながら盛大なため息を吐《つ》いた。

「お前と四ノ宮さんが時々屋上で昼休みを過ごしているのが誰にも見られていないと思っていたのか？　お前と四ノ宮さんが教室でコソコソ喋《しゃべ》っていることに気付かれていないと思ったのか？　お前と四ノ宮さんが――――」

「わかった！　もうわかったからそれ以上言うな！」

親友の詰問に俺は早々に白旗をあげる。細心の注意を払っていたとはいえやっぱり学校の中で接触していたら噂《うわさ》になるか。

「巧はともかく、四ノ宮さんは目立つからな。笑顔でスキップしながら階段を上っていたらなおさらだ」

「それはまぁ……確かにな」

思わず俺は頭を抱える。その可愛《かわい》い姿がありありと目に浮かぶ。少しは感情を隠す努力をしてくれ、四ノ宮さん。

「その後にキョロキョロ警戒しながら屋上に行くお前を見たら、そりゃ誰だって勘付くってもんだぜ」

続けて新は教室でのやり取りについても言及する。ただこちらはどんなに注意を払い、隠そうとしても前か隣にクラスメイトが座っているのでバレない方が無理な話だ。

「それで。わざわざ放課後に呼び出して、お前は俺に何を聞きたいんだ？」

「お前と四ノ宮さんは付き合っているのかどうかに決まっているだろう！　って言いたいところだがそうじゃねぇ。そんなことは四ノ宮さんを見ていれば違うことは誰だってわかるからな」

驚いた。てっきりそれを聞かれるとばかり思っていた。でも違うならわざわざ呼び出した理由はなんだ。

「俺が……いや、俺達が知りたいのは四ノ宮さんに元気がない理由だ」

「…………」

「なぁ、巧《たくみ》。お前なら心当たりがあるんじゃないか？　この学校で誰よりも四ノ宮《しのみや》さんと距離の近いお前ならさ」

新《あらた》は怒っているわけではない。どちらかといえば困惑していると言った方が正しい。そしてこれはこいつだけが抱いている感情ではなく、恐らくこの学校にいる四ノ宮リノアファン達の総意だ。

「ちょっと前に四ノ宮さんの様子が変わったって話をしたのを覚えているか？　そのことについて本人に聞いた子がいるんだよ」

「笑顔が可愛《かわい》くなったとか色気が増したとかだよな？　それを本人に聞くって中々の猛者だな」

違いねぇ、と新も苦笑いを零《こぼ》す。あの場で一度否定していたことを本人に直接尋ねるのは勇気がいる。好奇心は猫をも殺すということわざを送りたい。

「その時、四ノ宮さんはなんて答えたと思う？　『最近、知らなかった自分を色々知ることが出来て毎日が楽しいんです』って言って笑ったんだと。見たことないくらい可愛かったっておまけ付きだ」

「……そっか。それはよかった」

話を聞いて安堵《あんど》する。彼女の望みだった〝自分の知らない自分を知りたい〟をちゃんと叶《かな》えることが出来ていたんだな。

「なぁ、巧よ。今自分がどんな顔をしているかわかってるか？　そんな嬉《うれ》しそうなお前の顔、初めて見たよ」

大きなため息を吐《つ》きながらやれやれと肩を竦《すく》める新。そんなに頰《ほお》が緩んでいるだろうか。あいにく手元に鏡がないので自分では確認のしようがないが。

「俺のことは良いんだよ。その様子だと元気がないことを四ノ宮さんに尋ねた子もいるんだろう？」

「察しがいいじゃないか。その通りだよ。四ノ宮さん、なんて言ったと思う？」

わからない。どうして四ノ宮さんが落ち込んでいるのか俺には皆目見当がつかなかった。

歯《は》噛《が》みする俺を見て、新は勿体《もったい》ぶることなくその答えを口にした。

『その人に他意がないことはわかっているのに……その人ならどんな格好の私でもありのままの私として見てくれると期待して勝手に落ち込んで……我ながら酷《ひど》い女ですよね』

「そう泣きそうな笑顔で言ったんだってさ。お前なら、この言葉の意味がわかるんじゃないか？」

「……あぁ。わかるよ」

四《し》ノ宮《のみや》さんが着た服を見て口にした感想に嘘《うそ》はない。ただそれが彼女を傷つける結果になっていたなんて。言ってくれないとわからない。

「なぁ、新《あらた》。四ノ宮さんのお姉さんについて、何か知ってるか？」

「現役トップモデルの四ノ宮アリスさんのことだな。もちろん知っているぜ。ただ……姉妹の仲はあんまり良くはなさそうだけどな」

「やっぱりそうなのか……」

「いつだったか忘れたけど、わざわざ雑誌を持ってきた馬鹿がいるんだよ。そしたらそれまで笑顔で話していた四ノ宮さんの顔が一瞬で曇って『姉の話はしないでください』って言っていたって聞いた」

とはいえお姉さんのことが嫌いという感じはしない。どちらかというとコンプレックスに近い気がする。もしかして四ノ宮さんが〝自分の知らない自分を知りたい〟と言うのはこれが原因なんじゃ――――？

「まぁ何にせよ、四ノ宮さんを元気にできるのはお前しかいねぇってことだ！　四ノ宮リノアファンクラブ会長としては業腹だが……頼んだぞ、巧《たくみ》！」

「……お前、いつの間にそんな偉くなったんだ？」

「いつからって最初からに決まっているだろうが。何せ俺がファンクラブを立ち上げたんだからな」

思いもよらない親友の立ち位置と明かされた衝撃の事実に俺は言葉を失う。もちろん驚きの意味ではなく呆《あき》れという意味で。

「今回の件だって、俺が裏で手を回したから無事に済んでいるんだからな？　俺が止めていなかったら今頃どうなっていたことやら……」

「ハハハ……助かったよ、会長」

「そういうわけだからさっさと仲直りでも何でもしてこい！　そんでもって四ノ宮さんの明るい笑顔を取り戻してこい！　わかったな⁉」

「色々ありがとな、新」

新と友達になれてよかった。心底そう思いながら俺は四ノ宮さんとの関係を回復させる方法を考えるのだった。

＊＊＊＊

四ノ宮さんとの関係をどうするか。その答えは簡単、というか一つしかないので連絡して日程を決めるだけなのだが、それとは別に前々から決まっていたことはやらなければならない。

「こんにちは……」

「いらっしゃぁい!! 待ってたよ、巧《たくみ》！」

扉を開けるや否や、一人の女性が満面の笑みを浮かべながら飛びついてきた。完全な不意打ちではあるがもう慣れたもの。こう来ることは覚悟していたので足を踏ん張ってしっかり受け止める。

「ウフフッ。しっかり抱き止めてくれてありがとね、巧」

「いつも言っていますがいきなり抱き着いてくるのはやめてください、ユズハさん。色んな意味で心臓に悪すぎます」

「いつも言っているけど巧が可愛《かわい》いからいけないいんだからね！ いつになったら私と一緒に暮らしてくれるのかな？」

胸を押し当てるように密着し、頬《ほお》ずりしながらもう何度目かわからない同棲《どうせい》を健全な高校生男子に申し込んでくる美女。

ここだけ切り取ったらどうしようもないヤバイ人だが、彼女こそ現在コスプレイヤー界でその名を知らぬ者はいないほどの有名人。

ＳＮＳの総フォロワー数は五十万人を超えており、最近では幼い頃からピアノや歌のレッスンをしていた経験を生かしてアニメのエンディング曲も担当した界隈《かいわい》の星。

レイヤーネーム〝ユズハ〟、本名は楪葉雪《ゆずりはゆき》。

肩口で切り揃《そろ》えられたキラキラと輝く亜麻色の髪。縦長の瞳にキリッとした目尻は意志の強さと愛らしさを内包している。すぅと通った鼻筋と、同じ人間とは思えない秀麗な容姿は女神の現身《うつせみ》と言っても過言ではない。腰はキュッと引き締まっていながら出るところは出ているのだから恐れ入る。

そんな人に抱き着かれ、爽やかな柑橘《かんきつ》の匂いを間近で嗅がされたら理性が吹き飛ぶところだが、さすがにもう慣れた。

「そもそもな話だよ、巧。これもいつも言っていることだけれど、撮影していない時は〝ユズハ〟じゃなくて敬愛と親愛と情熱を込めて〝雪さん〟って呼んでって言っているよね？」

どうして呼んでくれないのかな？　と両手を俺の肩に乗せながら真剣な表情で頭の悪いことを尋ねてくる。

「レイヤーのメンタル管理もカメラマンの仕事でしょ？　さぁ、早く！　ＡＳＡＰ！　呼んでくれなきゃ今日の撮影はダメダメになっちゃうよ？　それでもいいの？」

そんな仕事はカメラマンにないと心の中でツッコミを入れつつ、しかしこうなってしまったユズハさんを放置するわけにもいかない。そのうち地団駄を踏みだし、いずれはソファーでふて寝をかます。これは推測でない。経験に基づく確定した未来だ。

「ハァ……何度も言っていますけど、雪《ゆき》さんと一緒には暮らせませんって。せめて高校を卒業してからじゃないと……」

「ええ!? 細かいことは気にしないでいいじゃん！ 今だってほとんど一人暮らししているようなもんなんだし、誰かと一緒の方がご両親も安心するって！ 何なら私から巧《たくみ》のお父様とお母様に連絡して――」

ヤバイ。ユズハさんの目が完全に血走っている。鼻息も荒くなっているし、このままでは何をされるかわからない。誰か、助けてくれ。

「――はい！ ストップよ、雪ちゃん。愛《いと》しのたっくんに久しぶりに撮ってもらえるからってテンション上げすぎよ」

少しは自重なさい、とユズハさんの頭に容赦のない手刀を叩《たた》きこみ、首根っこを掴《つか》んで俺から引き剝《は》がしてくれたのは『エモシオン』の店長の上江洲《うえず》さんだった。

「……何をするんですか、上江洲さん？ 今私は巧と大事な話をしているところなんです。邪魔しないでいただけますか？」

「残念でしたぁ！ 私の目の黒いうちは店の中での不純異性交遊は絶対に認めないことにしているの。それでもたっくんに色目を使うって言うなら出禁になる覚悟をすることね」

そう言って踏ん反り返る上江洲店長にぐぬぬと悔しそうに歯噛《はが》みをしながらうめき声を出すユズハさん。

「抱き着いてたっくん成分は十分補充できたでしょう？　ならさっさと着替えて撮影の準備をするわよ」

「ハァ……わかりました。それじゃ巧。ちょっと行ってくるから待っててね」

「いってらっしゃいです。その間に俺も準備をしておきます」

「……最後にもう一度抱きしめていいかな？」

「……雪ちゃん？」

　背後からの鬼の幻影を携えた店長の圧力により二度目のハグは阻止され、我が純潔は守られた。俺はため息を吐《つ》きながらスーツケースに入れて持ってきた機材を取り出して撮影の準備を進める。

　ちなみに俺が来ているのは上江洲店長が経営している撮影スタジオだ。店舗の二階にある簡易的なものとは違ってこちらはセットも充実しており、イメージするシチュエーションに適した撮影が可能となっている。

　そして今日の目的は夏に開催される超大型の即売会イベントで販売するための写真集作りだ。新刊として版権コスプレ本と創作本の二冊出す予定らしいのだが、ユズハさんはその人気故に様々なイベントで引っ張りだこなので出来る時に撮影は済ませたいとのこと。俺としても切羽詰まって連日徹夜で編集作業しなくて済むので非常に助かる。

「お待たせ、巧！」

　自信満々な笑顔で更衣室からユズハさんが出てきた。そのいで立ちはアニメにもなった大人気ライトノベルの外国人ヒロインの制服姿。亜麻色の髪と対照的な色の髪はウィッグで再現し、そこにメイクも合わさって二次元の世界から飛び出してきたかのよう。完璧と言っても差し支えない再現度に思わず俺は息を呑《の》む。

「久しぶりに女子高生キャラのコスプレだけど、どうかしら？」

「それはまぁ……すごく似合っていると思いますよ。少なくとも同じ高校に通っていなくてよかったなって思います」

「むむっ？　それはどういう意味かな？　詳しく聞かせてほしいなぁ？」

　俺の感想に納得がいかなかったのか、ユズハさんはぐいっと身体《からだ》を寄せながら追及してくる。拗《す》ねているのか頬《ほお》をぷくぅと膨らませているのが可愛《かわい》すぎて直視できない。

「そ、そのままの意味ですよ。こんな可愛い子が同じクラス、同じ学校に通っていたら授業に集中できる気がしません」

　その分学校生活は楽しいだろうけど、と心の中で付け足す。絶世と超が同時に冠に付く美女とクラスメイトになろうものならなおさらだ。隣の席になった日には男女問わず恨まれることだろう。

「それはつまり、私から目が離せなくなって大変って意味かな？　もう、巧《たくみ》は本当に私のことが好きだね。今日から一緒に暮らさない？」

大変身♡

真剣な眼差《まなざ》しでギュッと俺の手を両手で包むように握ってくるユズハさん。まるで求婚されているみたいで心臓が大きく跳ねあがる。

「こう見えて私、しっかり稼いでいるから巧《たくみ》一人くらいなら余裕で養っていけるからね。安心してくれていいよ！」

「そ、そういうことを心配しているわけじゃ……」

「あっ！　もしかして自立した大人になりたいってこと？　巧は十分自立していると思うよ？　それとも大切な人は自分の力で養いたいとか？　もう……本当にカッコいいんだから」

うっとりした顔でユズハさんは身体《からだ》をくねらせる。言うまでもないが俺は何も言っていない。これらは全て妄想、俺はそんなに立派な男ではない。

「まったく。ちょっと目を離したらすぐこれなんだから……いくら何でもたっくんのこと溺愛しすぎじゃない？」

困惑する俺をまたしても救ってくれたのは心配を通り越して呆《あき》れた様子の上江洲《うえず》店長だった。よかった、これで逃げられる。

「何を言っているんですか、店長。巧みたいな男とはそうそう出会えたりしませんよ？」

「まぁ……確かにそれは一理あるわね」

そこは力強く否定してくれ、店長。俺はそこまでたいそうな男ではない。というかいつの間にかユズハさんにギュッと抱きしめられているので話していないで早く助けてほしい。

「いつどこからトンビが現れて攫《さら》われるかわかったもんじゃないわ。だから私が守ってあげないと……！」

「でもね、雪《ゆき》ちゃん。何事もやりすぎはよくないわよ？　時にはカゴから出してあげないと。それにたっくんの才能は多くの人に知ってもらうべきじゃない？」

「それはそうですがまだ早いです！　せめて私と結婚を前提としたお付き合いを始めてからじゃないと……！」

「……これは重症ね」

盛大なため息を吐《つ》く上江洲店長。諦めないでくれ。あなたが諦めたら誰がこの状況を打開するんですか。このままでは撮影が始められない。

「それじゃしょうがない。そんな雪ちゃんにとっておきの情報を教えてあげるわ。たっくん、雪ちゃん以外の子と個撮しているわよ。しかもとっても可愛《かわい》い女の子と」

「店長────!?　それはユズハさんには内緒にしてくれって言いましたよねぇ!?　どうしてバラしちゃうんですか!?」

「……どういうこと、巧？」

ユズハさんの表情から色が消える。怒るなり殺気を込めるなりしてくれた方がまだマシだ。感情がないのが一番怖い。

「四ノ宮《しのみや》リノアちゃんって言ってね。雪《ゆき》ちゃんに勝るとも劣らない美貌の持ち主だったわ。あんな可愛《かわい》いクラスメイトと二人きりで撮影会をしたら何か起きても不思議じゃないわよね」

そう言いながらニヤニヤと人の悪い笑みを浮かべる上江洲《うえず》店長。ユズハさんの機嫌は加速度的に悪化していく。このままでは絞め殺される。

「言っておきますが四ノ宮さんとは何も起きていませんからね!? 信じてください、雪さん!」

「迂闊《うかつ》だった。いつかこんな日が来るんじゃないかって思っていたけどこんなに早く来るなんて……！　こんなことなら多少強引にでも私の家で囲い込んでおくべきだった」

悲しきかな、俺の言葉は届かない。悔しそうに唇を噛《か》みしめながらブツブツと物騒なことを呟《つぶや》くユズハさん。世間ではそれを監禁と言うのでは、と心の中でツッコむ。

「そもそも四ノ宮さんと何か起きていたらとうの昔に俺の貞操は雪さんに貰《もら》われていますって……」

「アハハハッ！　たっくんの言う通りね！　リノアちゃんに手を出すくらいなら雪ちゃんと爛《ただ》れた関係になっているわよね！」

「申し訳ないけど少し黙っていてくれませんかね、店長!?」

頼りになる味方だと思っていた人が実は最大の敵だった。フレンドリーファイアはやめてくれ。

「今からでも遅くないわよね。巧《たくみ》の初めては私が――ってちょっと待って。誰と個撮しているって言った？」

「四ノ宮リノアさんです。別に付き合っているとかそういうのじゃないですからね？　隣の席のただのクラスメイトですからね？」

「……ねぇ、巧。そのリノアちゃんって子だけど、もしかして四ノ宮アリスの妹さんだったりする？」

一転して真剣な顔でユズハさんが尋ねてくる。そういえばユズハさんは大学の先輩だって言っていたな。世間は俺が思っているよりずっと狭いな。

「そうですよ。お姉さんに似てとても綺麗《きれい》で可愛い子です。雪さん、確か四ノ宮アリスさんとは大学の頃からの知り合いなんですよね？」

俺の問いにむすっとしつつ、ユズハさんは答える。

「えぇ、そうよ。何度か一緒にコスプレをしたこともあるわ。まさか巧とアリスの妹さんが知り合いだったなんてね。面白い巡り合わせね」

「四ノ宮さんのことを知っているんですか？」

「知っているってほどじゃないわよ？　大学生の時、アリスは妹さんのことが大好きだけど中々実家には帰れないから会えなくて寂《さみ》しいって話していたのよ」

「家に帰れない？　自分の家なのに？」

それじゃこの間の遭遇は両親がいない時を狙って来たということか。でも四ノ宮《しのみや》さんの反応を見るとお姉さんのことをあまりよく思っていなそうだった。でもお姉さんの方は妹の四ノ宮さんのことが大好きだけど家には帰れない。うん、話が見えない。

「その辺はデリケートな話題だからおいそれと話せないわ。そんなことより！　雑談はこの辺りにしてそろそろ撮影を始めるわよ！　時間は有限だってこと忘れないようにね？」

「そうね。詳しい話は終わってからにしましょうか。巧《たくみ》、今日もお願いね？」

「……わかりました。任せてください」

俺は深呼吸をして気持ちを入れ替える。四ノ宮姉妹のことは気になるがまずは目の前にいるユズハさんに全神経を集中させよう。

＊＊＊＊

「ハァ……やっぱりカメラマンは巧に限るわぁ。というか個撮はいいわね。関わる人も少なくて済むし、落ち着いて撮影できるから」

全ての撮影が終わり、私服――カジュアルなパンツスタイル――に着替えたユズハさんはソファーでダラッと溶けた猫のようにくつろいでいた。

「お疲れ様、雪《ゆき》ちゃん。今日だけで四着分の撮影なんて結構無茶《むちゃ》したわね」

「のんびりしていたらあっという間に夏になるから出来る時にやっておかないとダメなのよ。店長と巧には迷惑かけて申し訳ないんだけど」

「別に俺は迷惑だなんて思っていませんよ。色んなユズハさんを撮ることが出来るのでむしろ感謝しているくらいです」

ユズハさんを撮りたいカメラマンはこの界隈《かいわい》にはごまんといる。イベントに参加すれば人だかりの山ができるし、撮影会に参加したければ激戦を勝ちぬいて限られた枠を獲得しなければならない。

そんな人とたびたび個撮を行い、さらに写真集作りを任せてもらえるのはカメラマンとしてこれ以上ない幸せだ。

「それは遠回しな私への愛の告白と解釈してもよろしいか？」

「よろしくないに決まっているでしょう」

いつの間に復活したのか、ユズハさんが後ろからむぎゅっと抱きしめてくる。隙あらば密着&求婚してくるのはやめてもらいたい。これでは仕事が一向に捗《はかど》らない。

「ホント、相変わらずどれもいい写真ねぇ。その分厳選するのは大変じゃない、たっくん？」

「確かにどのユズハさんも素敵ですね。でも……俺は好きなんですよ。この中から最高の一枚を探す時間が」

一瞬の美しさを逃さず永遠に記録する。大量に撮影した中からそれを見つけた時の喜びは何物にも代え難い。例えるなら運命の人を見つけたかのような感覚だ。

「ハァ……たっくん、あなたって本当に罪作りな男ねぇ。そういう顔をおいそれと人前で披露したらダメよ？　雪《ゆき》ちゃんみたいな被害者が増えるだけだから」

「上江洲《うえず》さんの言う通りよ、巧《たくみ》。私以外にそういう顔をしたらダメよ？　仮に相手がアリスちゃんの妹だとしてもね」

「忘れるところでした。アリスさんは四ノ宮《しのみや》さん――リノアさんのことをなんて言っていたんですか？」

「あぁ、妹ちゃんのことね。それはもう溺愛していたわよ？　目に入れても痛くないってこういうことを言うんだって生まれて初めて思ったと言うくらいにね」

曰《いわ》く、ユズハさんがアリスさんと知り合ったのは五年前。大学のゼミで一緒になり、そこで話しかけられてそのまま意気投合したのだという。

「アリスは天真爛漫《てんしんらんまん》というか元気溌剌《はつらつ》というか……自由が人の形をとったらあぁなるというか。いわば太陽みたいな子ね」

学校での四ノ宮さんはみんなの輪の中心にはいるけれど真に心を開いていない。明るい笑みの裏にある静謐《せいひつ》さ。やはり、姉が太陽なら妹は月か。

「おかげで色んな所に引っ張りまわされて大変だったわ。まぁアリスのおかげでコスプレイヤーとして活動するようになったんだけどね」

「え？　ユズハさんがコスプレを始めたきっかけってアリスさんだったんですか？」

「ええ、そうよ。興味はあったけど当時の私は人と関わるのが苦手というか好きじゃなくて中々踏み切れなかったのよ。そんな私の手を引いてくれたのがアリスだったの」

ＳＮＳでの投稿含めて色々指南してくれたのもアリスさんだったとユズハさんは言う。写真がバズり、一躍トップレイヤーの仲間入りを果たしたところで俺と出会った。

対してアリスさんは在学中にモデルにスカウトされ、こちらも着実にスターへの階段を上っているという。

「だから巧と出会えたのはアリスのおかげと言っても過言ではないわね」

「そうだったんですか……」

思わぬ繋《つな》がりに俺は驚く。こうしてユズハさんを撮ることが出来ているのはアリスさんのおかげということか。いつどこで縁が繋がるかわからないな。

「それで肝心の妹さんのことだけど。リノアちゃんのことは大好きで仕方がないって言っていたわ。アリスが大学に入るまでは一緒に寝るくらい仲が良かったそうよ」

「……本当ですか？」

お姉さんに対しては言葉の圧が強くなり、『部屋から出て行って！』と叫んでいたのに昔はそんなに仲が良かったのか。

「原因は自分にあると言っていたけど、結局それ以上のことは教えてくれなかったわ。以上、私が知っている四ノ宮《しのみや》姉妹の話はこれで終わり！　参考になったかな？」

「……ええ、ありがとうございます」

自分しか知らない自分を見たいという理由。雑誌でお姉さんが着ていた服を着た理由。その理由が何となく見えた気がした。

「まぁデリケートな話だからね。踏み込むならそれなりの覚悟はするのよ？」

「わかってます。何かあったら責任はとります」

「責任!?　ちょっと巧《たくみ》、あなた何をするつもりなの!?」

肩を掴《つか》んでガクガクと揺らしてくるユズハさん。せっかく頼りになる人だなって見直したところなのに一瞬で台無しだ。

「へ、変なことはしませんよ!?　それよりユズハさん。最後にもう一つ、聞いてもいいですか？」

「誓える？　エッチなことは絶対にしないって私に誓える？　それが出来るならスリーサイズ以外なら何でも答えてあげるわ」

「誓いますけどそんなこと聞きませんよ。聞きたいのはユズハさんがコスプレをするようになったきっかけというか……人と関わることが好きじゃなかったのに真逆のことを今でも仕事にしている理由です」

アリスさんというきっかけはあったにせよ、続けていくのは辛《つら》くなかったのだろうか。

「そんなことちゃんと考えたことはなかったけど……そうだなぁ、強いて言うならこの仕事をしている時が一番自分を表現できるからかな？」

撮影のない日は家でダラダラすることが好きなインドア派の自分。〝ユズハ〟として明るく振舞っている時の自分。どちらも自分に変わりないが、カメラを向けられている瞬間は全てを忘れてありのままの自分でいられるとユズハさんは話してくれた。

「レンズ越しに映る私が巧にどう映っているか。それが答えじゃないかな？」

その言葉に俺はハッとする。四ノ宮さんの心の内――本心はレンズを通して聞けばいい。そう思いついた俺はユズハさんに心の底から感謝する。

「それはそうと巧。このあとは暇？　もしよかったらうちで夕飯食べて行かない？　と言っても出前になっちゃうんだけど」

「いえ、さすがにそこまでしてもらうわけには……写真の編集もしたいですし」

撮影会後の打ち上げに参加したいのは山々だし、思春期男子として嬉《うれ》しい申し出ではあるが俺は丁重に断る。自宅に行くのはさすがにレイヤーとカメラマンの適切な距離ではな

い。あと有名人のユズハさんが男を連れ込んでいるところをSNSに投稿でもされたら1
20%炎上する。それだけは絶対に避けなければ。

「つれないなぁ……せっかくお姉さんが一緒にいてあげるって言っているのに。一人暮らしで寂《さみ》しくないの？」

「大丈夫ですよ。ずっと一人でしたから別に寂しくなんてないです」

「……キミがそう言うならいいんだけどさ。まぁ何かあったらいつでもお姉さんを頼るんだぞ！　たくさん甘やかしてあげるから！」

「はいはい。その時はお願いしますよ」

一度でもユズハさんに甘えたらダメ人間になるから絶対にダメだ。四ノ宮《しのみや》さんとは別の意味で毒されること間違いなしだ。


最後はこんな他愛《たあい》のない話をしてユズハさんとの個撮は終了した。

帰宅して四ノ宮さんになんて連絡しようと考えていたら、突然見知らぬ番号から電話がかかって来た。誰からだろう、と不審に思いながら出てみるとその相手は――

『もしもし？　庵野巧《あんのたくみ》君ですか？　私、四ノ宮アリスです』

『今から二人で会って少し話したいんだけど……いいかな？』

四ノ宮さんのお姉さん、アリスさんだった。

＊＊＊＊

「突然呼び出しちゃってごめんね、庵野君。夜だけど時間は大丈夫だった？」

時刻は21時を過ぎたところ。俺はアリスさんに呼び出されて駅前の喫茶店に来ていた。

「大丈夫ですよ。両親は仕事で海外なので家には俺しかいませんから」

言いながら俺はアイスコーヒーを注文する。

正直なところ、時間よりも一日撮影をした疲労の方が問題だったがそれを口にするのは野暮《やぼ》というもの。むしろ俺としてもアリスさんと話してみたかったので、疲労困憊《ひろうこんぱい》の身体《からだ》に鞭《むち》打ってここに来たのだ。

「そっかぁ。雪《ゆき》ちゃんから聞いていたけど本当に一人暮らしをしているんだね。まだ高校生なのにしっかりしているね」

そう言って微笑《ほほえ》むアリスさんは初めて家で会った時の天真爛漫《てんしんらんまん》さはなりを潜めており、まるで学校にいる時の四ノ宮《しのみや》さんのような静謐《せいひつ》さを纏《まと》っていた。その空気に見惚《みと》れないように俺は一つ深呼吸をしてから早速本題に入る。

「四ノ宮さん、どうして俺を呼び出したんですか？」

「アリスでいいよ。四ノ宮さんだとリノアと同じだからどっちかわからなくなるでしょう？」

この場に四ノ宮さんはいないのだから別にこのままでもいいのでは、と口にしようとしたが笑顔による無言の圧を受けて俺は言葉を飲み込んだ。

「庵野《あんの》君に来てもらったのはね、リノアの話を聞きたかったからなんだ。あの子の学校での様子とか教えてもらいたくてさ。雪ちゃんに無理言って連絡先教えてもらったんだよね！」

「……はい？」

何を勝手なことをしているんだ、ユズハさんは。個人情報を同意もなしに他人に流さないでほしい。

「いや、だってだってだよ？　家を出てからリノアと会話する機会がからっきしになっちゃったんだよぉ!?　あの子、私のことをものすごぉぉぉく恨んでいるからあらゆる連絡手段もブロックしてて……」

うぅと涙目になって肩を落とすアリスさん。そんなに妹のことが気になるなら直接会って話せばいいのにと思うと同時に四ノ宮さんの徹底したアリスさんへの拒絶ぶりに驚きを禁じ得ない。

「だからJKになったリノアのことを知る手段が私にはもう庵野君に聞くことしかないんだよぉ！」

「わかった！　わかりましたから泣かないでください！　四ノ宮さんのことなら可能な限り話しますからまずは落ち着いてください！」

「うぅうぅ……ありがとね、庵野君。今日から私もたっくんって呼んでいい？　答えは聞いてない」

「……好きにしてください」

前言撤回。この人が四ノ宮さんと似ているのは雰囲気だけだ。中身は五百四十度くらい違う。ここに来たことを早まったかなと若干後悔しつつ、それをため息とともに吐き出す。

「学校での四ノ宮さんを一言で表すと……ファンクラブが作られるくらいの超が付く人気者ですね」

「ファンクラブぅ!?　まぁ私の可愛《かわい》いリノアなら当然よね！　あっ、でもそうなったら言い寄ってくる悪い虫もたくさんいるんじゃ……⁉」

「安心してください。四ノ宮《しのみや》さんの周りには付き人候補というか自称四ノ宮さんの騎士みたいな男がたくさんいます。そのかいあって悪い虫は近づけなくなっていますから」

「付き人に騎士って……まぁ超絶可愛《かわい》いリノアなら親衛隊的なものができても不思議じゃないね！」

アリスさんの勘の良さに俺は心の中で脱帽する。

「それに今はたっくんがいるからますます安心だよぉ！」

「それはどうも……」

「でもリノアの部屋で遭遇した時はさすがにびっくりしたかな。今まで一度だって男の子を家に上げたことがないのに。どうして家に来てたの？」

当然その話になるよな。変に誤魔化《ごまか》すのは悪手。ここは包み隠さず話そう。

「四ノ宮さんに頼まれたんです。私のことを撮ってほしいって」

「リノアからそんなことをお願いされたの⁉　写真なんて興味なかったのにどうして……？」

「〝自分の知らない自分を知りたい〟から。四ノ宮さんはそう言っていました。俺も本人ですら知らない四ノ宮リノアの姿を撮りたくて引き受けたんです」

もちろんユズハさんには内緒で、と付け足すとアリスさんは驚いて目を見開いた。自業自得の弱みを握られていなかったとしても頼まれていたら引き受けていたと思う。

「自分の知らない自分か……そんなことをリノアが言い出したのは私にも責任があるかもね……」

「どうしてアリスさんの責任になるんですか？　というかユズハさんに聞いたんですけど、昔は四ノ宮さんと仲が良かったんですよね？　それが今はなんで……？」

「リノアに恨まれているって言ったよね？　その理由はね……私が両親の期待と束縛に耐えられなくて家から逃げたからなんだ」

眉根を下げて、誰に対してなのか申し訳なさそうな顔でアリスさんはぽつぽつと姉妹関係が修復不可能な状態になっている理由を話してくれた。話が終わった頃には頼んでいたアイスコーヒーの氷が完全に溶けていた。

「――――そういうわけで、リノアは逃げた私を絶対に許してくれないと思う。私が耐え切れずにあの人達から逃げたせいでリノアが全部背負うことになっちゃったから」

最後にそう付け足したアリスさんの言葉には力がなかった。大好きな妹が自分のせいで苦しんでいるかもしれない。でも逃げて自由に生きている自分に励ます権利なんてないとアリスさんは話してくれた。

「これは俺の勝手な推測なんですけど……四ノ宮さんはアリスさんのこと、本当は嫌ってなんかいないと思いますよ」

「……どうしてそう思うの？」

「だって、本当に嫌いならアリスさんが載っている雑誌を買い集めたりしませんし、何より同じ服を着てみようなんて思いませんよ」

三度目の撮影会でなぜ四ノ宮《しのみや》さんがあの服を選んだのか。その真意を知ることが出来れば昔のようにとはいかずとも少しは溝が埋まるかもしれない。

「そうかな……そうだったら嬉《うれ》しいな……」

曇っていた表情にわずかだか明るさが戻る。それを見て俺は安堵《あんど》しつつ、自分にやれることをしようと改めて決意する。

「任せてくださいなんて無責任なことは言えません。ただもう一度、四ノ宮さんのことを撮ろうと思います」

四ノ宮さんが心の内に秘めているものを晒《さら》け出させる。それはきっと四ノ宮さんが望んでいる〝自分の知らない自分〟を見つけることになるはずだ。

「ありがとう……たっくんに任せるよ。リノアのこと、よろしくお願いします」

そしてアリスさんとの密会が終わってすぐ。俺は四ノ宮さんに一通のメッセージを送信した。その内容はただ一言。

『もう一度撮影会をしませんか？』

返事はすぐに来た。

第7話：キミの素顔を見せてほしい

四ノ宮《しのみや》さんに四度目の撮影会を申し込んだのはいいものの、正直了承を貰《もら》えるかどうかはわからなかった。

なにせあの件があってから挨拶こそするものの写真の話は一切しなくなっていたからだ。それ故にメッセージを送ったところで読んですらもらえないんじゃないかと不安があった。けれどそれは俺の杞憂《きゆう》に終わった。連絡したら四ノ宮さんからすぐに返事があった。

『ぜひやりましょう。実は私からもお願いしようと思っていたんです』

まさか四ノ宮さんも同じことを考えていたとは驚きだったが、すんなり撮影することが決まったのは僥倖《ぎょうこう》だった。問題はどこでやるかだが、これについて四ノ宮さんから驚愕《きょうがく》の提案があった。それは――

『撮影場所ですが……週末私の家でどうですか？』

指定されたのは撮影するには理想的な場所、四ノ宮さんの自宅だった。向こうから提示してくるとは完全な予想外だったが、逆に言えば彼女もまた覚悟を決めたということだろうか。

『わかった。それじゃ今週末にやろうか』
『はい！　衣装や撮影のイメージは準備しておきます。全部私に任せてください』

どうするか考えたのは一瞬。俺は全て四ノ宮さんに任せることにした。撮ってほしい自分の姿のイメージがあるのだろう。どんな姿を見せてくれるのか、それがただただ楽しみだ。自信満々の四ノ宮さんに全く不安を抱かないと言えば嘘《うそ》になるが。

こんなやり取りをしても学校では相変わらず喋《しゃべ》ることはなかったが、元気は戻ったようで。ファンクラブ会長の新《あらた》からは、

「よくやった、巧《たくみ》！　四ノ宮さんの笑顔が元に戻ったぞ！　どんな話をしたかは後日きちんと聞かせてくれよな？」

と笑顔で労《ねぎら》われた。もちろん返答代わりに腹に拳をめり込ませておいた。四ノ宮さんの家で撮影会をすることになったと伝えたら何をされるかわかったもんじゃない。何よりこれは俺と四ノ宮さんの二人の秘密だ。

そんなこんなで迎えた週末。駅まで迎えに行きましょうか？　という四ノ宮《しのみや》さんの提案を丁重に断って自分のペースでゆっくり歩きながら思いを巡らせる。

今日の撮影で四ノ宮さんとアリスさんの関係を修復しようなんておこがましいことは考えていない。あくまで俺がするのは写真を撮ることだけ。

「自分の知らない自分を知りたいか……」

どうしてこんなことを言ったのか。その理由も明らかになるような気がする。その結果、誰にも言えない秘密の関係が終わるかもしれないが。

歩くこと十分弱。一度しか通っていない道なのに不思議と覚えていて、迷うことなくたどり着くことが出来た。昂《たかぶ》る心臓を落ち着かせるために何度か深呼吸をしてからチャイムを押す。

「いらっしゃいませ。お待ちしていましたよ、庵野《あんの》君」

「こんにちは、四ノ宮さん。今日はよろしくね」

扉はすぐに開き、中へと案内される。リビングに通され、出してもらったお茶を飲みながら一息吐《つ》く。

「今日はちょっと遅かったですね。もしかして道に迷っちゃいましたか？」

クスクスと笑いながらからかうように言われる。学校でちょっと話していなかっただけでこんななんてことないやり取りも懐かしく感じてしまう。

「ごめん。道に迷ったわけじゃないんだけど、朝から色々考え事していたら家出るのが遅くなった」

「なるほど……それじゃ庵野君は朝起きてから我が家に来るまで一体全体誰のことを考えていたって言うんですか？　もしかしてユズハさんとか？」

言いながらスマホの画面を俺に見せてくる四ノ宮さん。そこに映っているのはこの間上《う》江《え》洲《ず》店長のスタジオで撮影したユズハさんのコスプレ写真だった。

「これ、撮って編集したのは庵野君ですよね？　ユズハさんの制服姿、とっても可愛《かわい》いですね。えっちな感じも素晴らしいと思います」

顔は笑っているけど目は笑っていない。その上背後に逆鱗《げきりん》に触れられて激怒している竜が見えるのは気のせいだろうか。いや、気のせいではない。

「私に撮影をしようって提案しておきながら、当日考えるのは別の女性とは……庵野君も中々酷《ひど》い人ですね。私、傷つきました」

俺は何も言っていない。というか俺の周りには自分の世界に入ってネチネチと嫌味《いやみ》を言う人しかいないのか。まぁ四ノ宮さんとユズハさんしかいないのだが。

「申し訳なさと不甲斐《ふがい》なさで自己嫌悪して、もう二度と庵野君には写真を撮ってもらえないと思って毎晩枕を濡《ぬ》らしていたというのに……」

「えっと……四ノ宮さん？」

怒りから一転。四ノ宮《しのみや》さんの様子がおかしくなる。

「でもこのままではダメだと思って覚悟を決めて連絡しようとしたら庵野《あんの》君の方から連絡があってすごく嬉《うれ》しかったんですよ？　それで今日まで色々たくさん考えたのに……庵野君の頭の中には私はなかったんですね」

冗談にしては度が過ぎている。あとそこまで言われたら温厚が人の形をしたような俺でもさすがにカチンとくる。

「私は悲しいです……シクシク」

「いつ、誰が、四ノ宮さんのことを考えていないって言った？」

「……え？」

まさか俺が反論してくるとは思っていなかったのか、四ノ宮さんが呆《ほう》けた声を出す。やられたらやり返す。からかっていいのはからかわれる覚悟がある人だけってこと、身をもって教えてやる。

「俺だって今日まで四ノ宮さんのことを考えてたよ？　あの撮影の後から四ノ宮さんが元気ないことはわかっているのに何もできない自分が嫌にもなった。だから俺なりに色々、必死に考えて……」

「あ、あの……庵野君？」

「ユズハさんとの撮影は四ノ宮さんの撮影よりも前に決まっていたことなのに……そんな

風に言われると俺、ショックです」

「じょじょ、冗談ですよ、庵野君！　いつもみたいにからかっただけじゃないですか！　むしろそこまで私のことを考えてくれてありがとうございますというかなんというか……」

わざとらしく肩を竦《すく》める俺にさすがの四ノ宮さんも慌てたのか、手をバタバタと振りながら必死に弁明してくる。初めて見るパニック状態の四ノ宮さんがあまりにも可愛《かわい》くて我慢できずに笑いが零《こぼ》れる。

「……庵野君、謀りましたね？」

「アハハハ！　ごめん、ごめん！　ちょっとからかいすぎちゃったね。でも最初に仕掛けてきたのは四ノ宮さんだからね？　冗談でも言っていいことと悪いことがあるからね？」

「うぅ……庵野君の馬鹿！　乙女の純情を弄ぶなんて鬼畜です！」

ポカポカと肩を叩《たた》いてくる四ノ宮さん。地味に痛いのでやめてほしい。

「四ノ宮さんのことを考えていたのは本当だからな？　乙女の純情を弄ぶつもりは全くないからな？」

からかわれたからやり返しただけであって嘘《うそ》は言っていない。四ノ宮さんを照れさせるためだけにあんな恥ずかしいこと――告白じみたこと――は言えない。

「わ、わかりました！　庵野君の気持ちは十分伝わりました！　ありがとうございます！　私の負けでいいです！」

四ノ宮《しのみや》さんは顔を真っ赤にして叫びながら俺から距離を取った。これから撮影をするんだけど大丈夫だろうか。

「ハァ……まさか庵野《あんの》君に辱めを受ける日が来るなんて……この責任、もちろん取っていただけますよね？」

「俺に出来るのは写真を撮ることだけだけどそれでいいならいくらでも」

「フフッ。それじゃ早速撮っていただきましょうか。まぁそのために来ていただいたんですけどね」

そう言って四ノ宮さんはポンと俺の肩を叩《たた》いてから立ち上がる。どこに行くのかと尋ねるとニコリと微笑《ほほえ》む。

「撮影のために着替えてきます。庵野君もカメラの準備をしておいてください」

「それはいいけど、場所はどこでやるんだ？」

雑談に花を咲かせていたせいで一番大事な撮影について何も話をしていなかった。四ノ宮さんの頭の中にあるイメージを教えてもらわないと。

「今日の撮影場所は……この家です」

「……はい？」

「この家の色んな所で撮ってほしいんです。理由は撮りながら説明します」

今はそれで、と言い残して四ノ宮さんはリビングを後にした。着替えると言っていたので向かったのはおそらく私室だろう。どんな服を着てくるのか期待と不安を抱きつつ、俺はカメラの準備を行う。

そして緊張しながら待つこと十数分。ガチャリと扉が開き、リビングに戻ってきた四ノ宮さんの姿を見て俺は言葉を失った。

「今日のために上江洲《うえず》さんのお店で用意しました」

恥じらいながら四ノ宮さんが何か言っているが言葉が一切頭に入ってこない。それは彼女が着替えてきた服に理由がある。いや、そもそも服と言えるのかどうかすら怪しい。

「上江洲さんにオススメされたんですがどうでしょう？　可愛《かわい》くないですか？」

くるっと回ってアピールする四ノ宮さん。可愛いかどうかで言えば答えは当然イエス。ただこれまでの衣装の中で最も過激。なにせ透け感も強く見るからにブラもショーツも身に着けていないのだ。これに比べたら競泳水着なんて肌の露出が少なくて健全だ。なんてものを勧めたんだ、上江洲店長は。

四ノ宮さんが着ているのはいわゆるベビードールというもの。光沢のある桜色の手触りの良さそうなサテン生地。

その胸元からは細かくギャザーが縫い込まれており、フチはアイラッシュレースとなっていて素肌が見える仕様になっている。大胆に開放されたデコルテラインと吸い込まれそうになる谷間、それを形成しているたわわな果実も相まって圧巻の一言に尽きる。

それでいてくるりと回転した瞬間に見えた背中もほぼ露出していて、リボン一つで留められている。

「初めて着るんですが、なんだか足がスースーしますね」

そう言って四ノ宮《しのみや》さんは微笑《ほほえ》むが俺としてはそれどころではない。

丈が短い上にショーツを履いていないのでそう感じるのは無理もない。加えてブラも着けていないから上も下もどこに視線を向けても目のやり場に困る。

これだけでも十分破壊力が高い衣装だというのに、四ノ宮さんが手に持っている物をすっと差し出してきて俺の理性はさらに削られることとなる。

「庵野《あんの》君。私にこれを……付けてくれませんか？」

俺が受け取ったのは首輪。そこにジャラリと金属製の鎖が繋《つな》がっている。ベビードールだけでも手に負えないというのに何を考えているのかさっぱりわからない。ただただ困惑する。

「それと今回は隠し撮りではなく庵野君に直接見てほしいんです。私の、全てを……」

潤んだ瞳で切実に。懇願するように。祈るように四ノ宮さんに乞われてしまっては断れるはずもなく。俺はコクリと頷《うなず》くしかなかった。

「……もしかしてこれも上江洲《うえず》店長のところで買ったのか？」

「はい。相談したらこれを付けて撮ってもらったらもっと良くなると言われました」

突拍子もない見た目と言動の上江洲店長だが、撮影用の衣装選びは外したことがこれまで一度もない。絡まれると面倒くさい人だが、この点においては俺も絶大な信頼を置いている。

そんな人がベビードールに首輪と鎖の組み合わせを四ノ宮さんに提案したということは、そこに何かしらの意味があるのは間違いない。

「わかった。そもそも今日の撮影プランを全部四ノ宮さんに任せることにしたのは俺だからな。望み通り付けてあげる」

「ありがとうございます」

どこか嬉《うれ》しそうに微笑みながら四ノ宮さんはそっと目を閉じた。その顔はさながら王子様の口づけを待つお姫様のよう。

子供の頃、若い頃の父さんが撮った母さんの写真の中に似たような画《え》があった。俺が写真を撮りたいと思うようになったきっかけの一枚。

「……綺麗《きれい》」

だが今の四ノ宮さんはその時に見た母さんの写真よりも遥《はる》かに美しく、自然と称賛の言葉が口から漏れる。そして俺は幽鬼のように一歩近づいて、鶴のように細く艶《あで》やかな首には似つかわしくない首輪を優しく付ける。

「それで、この鎖は誰が……」

「庵野《あんの》君に決まっているじゃないですか。さぁ、ほら」

言いながら鎖を俺の胸にグイッと押し付けてくる四ノ宮《しのみや》さん。わかっていたこととはいえ、受け入れるのに時間がかかることだってある。何をしたら隣の席に座っている女の子に首輪を付けるようなことが起きるのか。この様子を記録に収められたら俺の人生はそれこそ破滅だ。

「なんだか私が庵野君のペットになったみたいですね！　これでケモ耳を付けたら映《ば》えますかね？」

「そりゃ映えるしSNSに投稿したら万バズは確実だと思う。まぁ撮りたいかって言うとノーコメントだけど」

「え、どうしてですか？」

四ノ宮さんがキョトンと小首をかしげる。まさか可愛《かわい》いを飛び越して18禁になりかねないからだとか、そんな四ノ宮さんの姿を不特定多数と共有したくないとか口が裂けても言えない。

「そ、そんなことより！　早く撮影を始めるぞ！　時間は有限なんだからな！」

「安心してください。今日も明日も家には誰も帰って来ません。だから時間はたっぷりあります」

「……そうなのか」

「はい。だから安心して。私とたくさんイケないことしましょう」

言い方がおかしいだろう、とツッコミを入れようとしたことにすら懐かしさを覚えてしまい、代わりに俺は深いため息を吐《つ》く。

「フフッ。庵野君も十分からかったところで開始しましょうか。庵野君、鎖は絶対に手放さないでくださいね？」

「甚だ不本意ではあるけど……了解した」

言いたいことはすべて飲み込んで。俺と四ノ宮さんの四度目の撮影会を始めた。

＊＊＊＊＊

四ノ宮さんが口にしたように、撮影はリビングを始めとしてソファーや台所、脱衣所や浴室といった家の至る所で行われた。撮ってほしい場所に移動する時、前を歩く四ノ宮さんと俺の間に鎖があるせいで、まるで悪徳貴族が娯楽のために雇っているメイドをあられもない姿にして家の中で散歩させているかのような絵面になっている。

「はしたないですが、次はテーブルの上で撮りましょうか」

浴室での撮影を終えて再びリビングに戻ると、四ノ宮《しのみや》さんは「よいしょ」と椅子に足を乗せていつも食事をしているダイニングテーブルの上に座ろうとする。少しは躊躇《ためら》ったらどうだと思わないこともないが、俺は「ストップ」と声をかける。

「テーブルに上がろうとしているところが撮りたい。背中はこっちに向けたまま、テーブルに手をついて振り向いてくれる？」

「わかりました。庵野《あんの》君、次から止める時は声ではなくて鎖をクイッと引いてくださいね？」

クスッと妖しい笑みを口元に浮かべる四ノ宮さんに、そんなこと出来るわけがないだろうと心の中でツッコミを入れつつ俺はカメラを構える。

競泳水着の時は正面からの画《え》が多かったので意識することはなかったが、四ノ宮さんの背中からお尻にかけての曲線は優雅でとても美しく、そこから伸びる脚も含めて一種の芸術品だ。ぱっくりと肩が開けたデザインのせいも相まって単なる美に収まっていない。

カシャ、カシャ、とシャッターボタンを押すたびに四ノ宮さんは微妙にポージングや表情、視線の向きを変える。時には自然なリアクションが欲しくて言われた通りに不意打ち気味に軽く鎖を引っ張る。

「……っあ」

耽美《たんび》色の驚きと、恍惚《こうこつ》の色を含んだ表情をする四ノ宮さん。姿勢も崩れ、たゆんと双丘を揺らしながら大きく背中を反る。その姿はまるで軽く頂きに達したかのよう。俺はただただ無心でシャッターを切る。

「……私は自由になりたいんです」

俺がカメラを下ろしたタイミングでポツリと四ノ宮さんが呟《つぶや》いた。そしてテーブルに座ることなく、椅子から降りて階段の方に向かって歩き出す。

「何から自由になりたいの？」

階段を上る後ろ姿にカメラを向けながら俺が尋ねると、壁に枝垂《しだ》れる四ノ宮さん。どんな表情をしているのか気になり、すぅと追い越して前に回る。

「この家から……私は自由になりたいんです」

四ノ宮さんは今にも泣きそうな顔になっていた。それすらも息を呑《の》むほど画になっていて、無意識に撮影していた。四ノ宮さんは構わずゆっくりと階段を進みながら訴えるように話を続ける。

「これまで私は両親に求められるがまま言われるがまま生きてきました。でも少し……ほんの少しでいいから自由に生きてみたいのです」

俺は咄嗟《とっさ》にカメラを動画に切り替えてインタビュー形式へ移行する。

「そう思うようになったきっかけはあるのか？」

「庵野君もご存知《ぞんじ》のように、私には歳《とし》の離れた姉がいるんです。姉は……アリスお姉ちゃんは私と違って自分がやりたいことを貫く強い意志を持っているんです」

誰に何と言われようと、と悔しそうに話す四ノ宮《しのみや》さん。

「アリスお姉ちゃんは私にとって憧れであり、同時に憎い人です」

「憎い人？」

憧れなのに憎いというのはどういうことなのか。そこを尋ねると四ノ宮さんは唇を噛《か》みしめる。

四ノ宮さんの両親はお父さんが開業医でお母さんはアパレル系の会社を立ち上げて人気ブランドにまで成長させた敏腕経営者。そんな二人から寄せられる期待がどんなものか、考えただけでゾッとする。

「姉はその圧に耐え切れなかったのか、それとも鬱陶しかったのか。真意はわかりませんが大学入学を機に家を出ていきました」

「なるほどな……」

「一切連絡を入れず、自由奔放に生きる姉に頭を悩ませた私の両親はすべての理想を次女である私に託しました。その結果完成したのがこの四ノ宮リノアなんです」

眉を下げながら話す四ノ宮さん。その悲しげな顔はまるで自分が人ではなく、親の手で作られたアンドロイドであることに気付いたかのよう。

「ある日、姉が雑誌に載っているのを見たんです。モデルを始めたと連絡はあったので知っていましたが見るのはその時が初めてでした」

ちなみに四ノ宮さんには定期的に連絡は来るが返事は一切していないという。それでもたまたま読んだ雑誌で見かけるということはそれだけアリスさんが活躍しているということの証左だ。

「そこに写っていた姉はこの家では見たことないくらいの笑顔で……すごく輝いていたんです」

窮屈な場所から解放され、ありのままの自分で生きられる喜びが全身から溢《あふ》れているように感じたと四ノ宮さんは話した。

「そんな姉の姿を見て、私は思ったんです。姉のように自分も、せめて写真の中でだけは自由な自分でいたいと」

「……よかった。思った通り、二人はお互いのことを大切に思っている仲のいい姉妹じゃないか」

四ノ宮さんの独白を聞いて、俺は安堵《あんど》のため息を吐《つ》いた。

「それは、どういう意味ですか？」

「アリスさんも同じ気持ちなんじゃないかなって思ってさ。妹のことが大好きなのにもしかしたら自分のせいで苦しめているんじゃないかって考えているんじゃないかな？」

四ノ宮《しのみや》さんとアリスさんの話に驚くくらい相違はなかった。アリスさんは贖罪《しょくざい》を。四ノ宮さんは憧れを。それぞれ胸に抱いていたがそれを素直に口に出せなかったせいで溝が深まってしまった。ただそれだけの話だったのだ。

「……お姉ちゃんは許してくれるでしょうか？　無視をして、酷《ひど》いことをたくさん言ってしまった私のことを……」

「きっと許してくれるはずだよ。アリスさんほど妹のことを溺愛しているお姉さんはそうそういないと思う」

なにせ妹の高校生活を知りたくてわざわざ俺に尋ねてくるくらいだ。そんな人に絶縁状態の妹の方から連絡があったら感動でむせび泣きかねない。

「あとようやく四ノ宮《しのみや》さんが言う〝自分の知らない自分〟がなんなのかわかったよ。自由に、ありのままでいる自分。それを四ノ宮さんは見たかったんだな」

「はい……自分でもわかりました。きっとそういうことだったんだと思います」

「まぁそのチョイスに自撮りはありだけど、さすがに露出はいただけなかったかな？」

「そ、それはたまたま庵野《あんの》君が通りかかったのがいけないです！　まして隠し撮りされるなんて思いませんよ！」

「隠し撮りしたのは反省している。でも今後は空き教室とはいえ学校であんなことはしたらダメだからな？」

「しませんよ。だって私にはもう庵野君がいますから」

鎖を握ってジャラリと鳴らして微笑《ほほえ》む四ノ宮さん。その倒錯的な笑みに目が離せなくなり、思わず動画から写真に切り替えてシャッターを切る。

「それじゃこれからは、こうして俺に写真を撮られている時だけは自由になってもいいんじゃないかな？　むしろ、自由に……ありのままの姿でいる四ノ宮リノアを俺に撮らせてほしい。だから――」

キミはこれで自由だと心の中で呟《つぶや》きながら俺は四ノ宮さんの首輪を外す。そして鎖を手放し、彼女を解放した。

「ありがとうございます、庵野君」

そう言いながら四ノ宮さんは涙を堪《こら》えた笑みを浮かべる。その顔は今まで見てきた彼女の笑顔の中で一番可愛《かわい》いと思った。

「最後は私の部屋で撮ってくれますか？　この家の中で唯一私が自由でいられる場所で撮ってください」

彼女に手を引かれて部屋に入る。ついこの間入ってこれで二度目になるのにその時以上に緊張して喉が渇く。

あられもない写真も何回も撮っているのに今更何をドキドキすることがあるんだと言い聞かせて昂《たかぶ》る心臓を落ち着かせる。だが生地の薄いベビードール姿の四ノ宮さんがベッドに横たわり、まるで誘うように両手を広げるせいで理性がかつてない勢いでゴリゴリと削られていく。

「さぁ、最後の撮影を続けましょうか？」

「……お手柔らかにお願いします」

レンズ越しに映るのは首輪から解き放たれた四ノ宮《しのみや》さん。その表情は雲が消えた澄んだ青空のように明るいものとなる。抑圧から解放され、これまでひた隠しにしてきたありのままの自分を惜しげもなく晒《さら》け出しているかのようだった。

「……あぁ、そういうことだったのか」

一瞬の美しさを永遠に記録する。その意味を尋ねた時の言葉。

――大きくなれば巧《たくみ》にもわかるさ。まぁそのためにはお前も見つけないといけないけどな――

――見つけるって……なにを？――

――決まっているだろう？　それはだな、お前が本当に記録に残したいと思う相手をだよ――

「見つけたよ、父さん」

「？　何を見つけたんですか、庵野《あんの》君？」

「……内緒」

答える代わりに俺はシャッターを切り続ける。口が裂けても言えない。俺が心の底から記録に残したいと思える人に出会ったなんて。

「なんですか!? 気になります! 教えてくださいよ、庵野君《あんの》!」

「嫌ですぅ! 絶対に教えませ――――ん! まだ写真撮り終わっていないので大人しくしてくださ――――い!」

一瞬で緊張感は霧散して、ワイワイと楽しい撮影会に変貌する。

そのせいで時間も忘れて楽しんでしまい、気が付いた時にはとっくに日が暮れていて夜になっていた。

「庵野君。時間ももう遅いですし、夕飯を食べてこのまま家に泊まっていきませんか?」

撮影を終え、片付けも済ませてリビングで四ノ宮《しのみや》さんの着替えを待っていたら、戻ってくるや否やとんでもない提案をしてきた。

「いやいや! いくら誰も帰って来ないとはいえさすがにそれはまずいだろう!?」

「今日は……今夜は一人で過ごしたくないんです。お願いします……」

さすがにそれはまずいだろうと断ろうとするが、四ノ宮さんは逃がさないとばかりに袖を掴《つか》んでくる。さらにウルウルと今にも零《こぼ》れ落ちそうな雫《しずく》の宝石を瞳に浮かべる。こんなことをされて断れる男がいるだろうか。いや、いない。

「……わかった。わかりました! 今夜はお言葉に甘えさせていただきますよ!」

「ありがとうございます、庵野君！　それじゃ夕飯は私が腕によりをかけて作りますから待っていてくださいね！」

嬉《うれ》しそうに言うと四ノ宮さんは鼻歌を歌いながら台所へ向かった。つまり手料理を振舞ってくれるってことだよな。食材はあらかじめ用意してあったってこと？　もしかして嵌《は》められたのか、俺は。

「あぁ、それと一つ気になったんですが……どうしてお姉ちゃんのこと〝アリスさん〟って呼んでいるんですか？」

「……あっ」

しまった。アリスでいいよと言われたからつい無意識で口にしてしまっていた。

「その辺りのこともご飯を食べながらじっくり聞かせてもらいますのでそのつもりで。いいですね？」

「……はい」

断言しよう。将来四ノ宮さんと結婚する人は間違いなく尻に敷かれることになると。俺は深いため息を吐《つ》きながら、未来の旦那さんにエールを送るのだった。

＊＊＊＊＊

どうしてこうなった。布団に入った俺は頭を抱えていた。

「こうして誰かと一緒の布団で寝るのも久しぶりで嬉《うれ》しいです」

語尾に「♪」がついていそうなくらい上機嫌な四ノ宮《しのみや》さんが電気を消しながら、さも当然のように俺と同じ布団の中に入ってくる。ちなみに彼女の寝間着は男の俺でも聞いたことのあるブランド物だ。デザインは白とピンクのボーダー。フワフワモコモコが非常に可愛《かわい》い。けれどファスナーを適度に開放して胸元をチラ見せしつつ、下はショートパンツで扇情的。女子に人気が高いのも頷《うなず》ける。

お風呂上がりのフローラルな香りが漂ってきて、その甘美さに脳がくらくらと揺れる。

湯上がりで火照った姿を撮りたい衝動を堪《こら》えていると、

「なんだか修学旅行みたいで楽しいですね、庵野《あんの》君」

などと告げられ、相手が同性だったら俺もその意見に同意していたよ、と心の中で盛大にツッコむ。なぜ口に出さないかは。それは背を向けているのをいいことに四ノ宮さんが抱き着く一歩手前まで近い距離にいて背中に色々なものを感じるからだ。

「ねぇ、庵野君。聞いてもいいですか？」

「……なに？」

「どうして庵野君は写真を撮るようになったのですか？」

どんなことを聞かれるか身構えていた分、この質問には正直拍子抜けした。俺はフフッと笑ってから答えた。

「強いて言うなら……父さんの影響かな？」

「お父様の？」

父さんの〝その人が一番輝いている瞬間をレンズに収めるのが最高の快感だ〟という言葉を幼いころから聞かされていた俺は、その父さんが撮った若かりし頃の母さんの写真があまりにも素敵だったのでカメラに興味を持った。

そして何気なく母さんを撮ろうとした時、レンズ越しに目が合って微笑《ほほえ》まれた瞬間に雷に打たれたような衝撃を受けた。あの感動を記録に収めたい。それが俺のカメラを持つ最大の理由だ。

「あとは……写真を撮っていると色々気持ちが紛《まぎ》れるからかな」

俺が高校に入学したのを機に父さんと母さんは拠点を海外に移して本格的に向こうで仕事をしている。

「昔から家族揃《そろ》っての時間は少なかったんだけど、それが今ではほぼゼロ。両親が家に帰ってくることはほとんどなくてさ。一人でいる時間の方が長いんだ。だから――」

俺が言い切る前に、四ノ宮さんが包み込むようにギュッと抱きしめてきた。

「――それなら私達は似た者同士かもしれませんね」

「……四ノ宮《しのみや》さん？」

「自由のない家の中で孤立する私と家では独りぼっちの庵野《あんの》君。これって似た者同士って言いませんか？」

「ハハハ。確かにそうかもな」

「庵野君、こっちを向いてくれませんか？」

なに、と無警戒に振り返ると四ノ宮さんの手がすぅと頬《ほお》に伸びてきた。そのままぐるりと無理やり身体《からだ》を回されて向かい合う形になる。窓から月明かりが差し込み、四ノ宮さんの顔がはっきりと見える。

「いつも一人でよく頑張っていますね。たまには甘える時間があってもいいと思いますよ？」

甘い微笑を口元に浮かべ、慈愛に溢《あふ》れた聖女のような声で言いながら四ノ宮さんは俺の頭を胸の中へと誘《いざな》う。

柔らかくて心地の良《い》い感触と落ち着く甘い香り。母なる海に帰って来たような感覚。俺はこれが欲しかったのか。離したくない、離れてほしくない。俺は四ノ宮さんの身体に腕を回す。

「たくさん甘えてくださいね、庵野君」

「……ありがとう」

これまで感じたことのない安らぎに身を包まれて、俺の意識は深い海の底へと沈んでいった。

エピローグ

翌朝。俺は寝る時には確かに隣にあったはずの温《ぬく》もりが消えていることに気が付いて目を覚ました。

まさか全て夢だったのかと思ったが、見慣れない天井に普段使っている物よりフワフワとした布団。そしてなによりこの部屋に充満している優しい香りが、あれは夢ではないことを物語っている。

「四ノ宮《しのみや》さん……？」

起き上がり、寝惚《ねぼ》け眼《まなこ》を擦《こす》りながら部屋を出て彼女の姿を探す。すると階段の下から微《かす》かにトントンと小気味の良《い》い音が聞こえてきた。

転んで落ちないように手すりにつかまりながら階段を下りて台所に行くと、そこにはエプロン姿の女性が鼻歌を歌いながら料理をしていた。

それは幼い頃に見た母さんの姿によく似ていて、思わず俺は後ろからそっと抱き着いてしまった。

「あらあら、どうしたんですか？」

その声も昔よく聞いた母さんの困った声だった。

「……母さん、何を作ってるの？」

「――フフッ。一人で頑張っているご褒美に好きな物を作りましたよ。好きなのを選んでくださいね」

「んぅ……ありがとう、母さん。大好き」

「あらあら、ありがとうございます。でも私は庵野《あんの》君のお母さんではありませんけどね？」

抱き着かれていることを拒絶することなく優しい声音とともに頭を撫《な》でられながら言われて、俺の頭は一気に覚醒する。同時に自分がしでかしたことを自覚した。

「ご、ごめん四ノ宮さん！　寝惚けていたみたいでつい……！」

「フフッ。庵野君は意外と甘えん坊さんなところがあるみたいですね。昨日も言いましたが私でよければ存分に甘えてくれていいですよ？」

慌てて離れながら俺は地面に擦りつける勢いで思い切り頭を下げて謝罪する。だが四ノ宮さんは怒るどころか俺が抱き着くのをやめたことをどこか惜しそうにしていた。

「それはさておき。おはようございます、庵野君。ぐっすり眠れたようで何よりです」

「さておかれるとそれはそれで困惑するんだけど……おはよう、四ノ宮さん。久しぶりに熟睡できた気がするよ」

「それは何よりです。私としても庵野君の甘えたさんな一面を垣間《かいま》見ることができて嬉《うれ》しかったのでオールオーケーです。それより顔を洗ってきてくださいな？　朝食の用意はもうすぐできますから」

テーブルの上を見るとそこにはホテルのビュッフェと見間違うほどの大量の料理が皿に盛られて並べられていた。

「もしかしてこれ全部四ノ宮《しのみや》さんの手作り？　え、嘘《うそ》だよね？」

「もしかしなくても全部私が作りました！」

えっへんと胸を張ってドヤ顔をする四ノ宮さん。生産者は私です、とコメント付きの写真を飾りたくなる。

「朝からこんなに作って大変だったろうに……起こしてくれたら手伝ったのに」

「気にしないでください。私が作りたかったから作っただけですから。それに気持ちよさそうに眠っていた庵野《あんの》君を起こすのは忍びなかったんです」

いったい自分がどんな顔をしていたのか気になるし、スマホを持ってにやにやしている四ノ宮さんに俺は嫌な予感を覚える。まさかカメラに収めていないだろうな。疑惑の目を四ノ宮さんに向ける。

「そんなにじっと見つめても何も出てきませんよ？」

「……………変なこと、していないよな？」

「フフッ。それはご想像にお任せします。ほら、早く顔を洗ってきてください。冷めないうちに食べましょう？」

上手《うま》いこと言いくるめられた感はあるが、それ以上に俺の中でこのやり取りそのものが夢なんじゃないかという思いすらある。

「……わかった。詳しいことは食べながら話そう」

渋々顔を洗いに洗面所に行き、戻る前に一度四ノ宮さんの私室に寄ってカメラを回収する。やられっぱなしではいられない。

「お帰りなさい。たくさんあるので好きなのを選んでくださいね」

自宅で、しかも朝から好きな料理を選べるほど品数が多いことに改めて驚愕《きょうがく》しつつ皿に料理を盛る。それが終わったところで四ノ宮さんと向かい合って座って食事を始める。

「「いただきます」」

味は文句ない。今まで食べた中で一、二を争うくらいに美味《おい》しい。昨日の夕飯、というよりお弁当も含めて四ノ宮さんは本当に料理が上手い。

だがこんなに美味しいのは技量だけが理由ではない。きっと誰かと――――四ノ宮さんと一緒――――に食べているからだろう。こみあげてくる幸せに自然と口元をほころばせているとパシャッとスマホで写真を撮られた。

「……俺なんか撮っても面白くないと思うけど？」

「そんなことありませんよ？　今の庵野君、とてもいい表情をしていましたから」

そう言って微笑《ほほえ》む四ノ宮さん。恥ずかしくて直視できず、俺は誤魔化《ごまか》すように食事を続ける。その様子を四ノ宮《しのみや》さんはクスクスと笑いながら楽しそうに見ている。

「庵野《あんの》君、これからも色んな私を――――〝四ノ宮リノア〟を撮ってくれますか？」

「……俺に出来る範囲でなら喜んで」

「それでは。これからも幾久しく。よろしくお願いしますね、庵野君」

そう言って微笑《ほほえ》む四ノ宮さんは今まで見てきたどんな人の笑みより綺麗《きれい》で。俺は食事の手を止めてシャッターを切るのだった。

終わり

あとがき

初めまして、あるいはお久しぶりです、雨音恵《あまねめぐみ》です。

この度は『こそっと恥じらう姿を俺だけに見せてくる学園のお姫さま』を手に取っていただきありがとうございます。

本作品はクラスのお姫様なヒロインの秘密を偶然知ってしまったところから始まるラブコメです。いつも教室で見ている女の子をカメラのレンズを通して見ると別人になる、そんなギャップを楽しんでいただけたら嬉《うれ》しいです。

実は執筆にあたり、スマホ片手に推しのコスプレイヤーさんの撮影会に参加しました。あくまで取材であり、それ以上の意味はありませんよ？　本当です、信じてください。

それはさておき。実際に撮影をしてみて、大勢のカメラマンがいる中でレンズ越しに目が合って微笑《ほほえ》まれて鳥肌が立ちました。あんな感覚は生まれて初めてと言っても過言ではありません。やっぱり何事も体験することは大事ですね。

あと、これは盛大なネタバレになるのですが、本作にはお風呂シーンはありません。厳密には競泳水着を着てシャワーを浴びているシーンがあり、ただそれはそれで背徳感があって気に入っています(笑)。

ここからは謝辞を。

担当Sさん。刊行に至るまで根気よくお付き合いいただきありがとうございました。「えっちすぎるのはちょっと……（苦笑）」と言われた時はどうなることかと思いましたが、競泳水着でシャワーを浴びるというシチュエーションをご理解いただけて良かったです。

イラストレーターのゆきみや湯気《ゆげ》先生。ご多忙の中、引き受けていただきありがとうございました！　カバーイラスト候補をいただいた時は担当さんと大いに盛り上がり、またどれがいいか非常に悩みました。リノアだけではなくユズハやアリスも口絵・挿絵で可愛《かわい》く描いていただけて感謝の言葉しかありません。

そして読者の皆様。今作が雨音《あまね》の本を読むのが初めてという方、また過去作から引き続き手に取ってくださっている方、どちらにも変わらぬ深い感謝を。皆様のおかげで私は本を書くことが出来ています。

そして本書の出版に関わっていただいた多くの方々。そして改めてこの本を買ってくださった読者の皆様、本当にありがとうございます！

恒例ではありますが最後にお願いがあります。

購入報告、本編を読み終わった感想をＳＮＳにアップしたり、レビューを投稿してみたり、出版社宛に手紙を送ってみたり、ぜひ応援を形にしてほしいです。そうなるとどうなるか？　主に作品と作者の力となり、二巻をお届けすることが出来ると思います。

ヒロイン（達）には色んなコスプレもさせたいですし、ゆきみや先生のイラストでそれを見たくないですか？　見たいですよね（圧）？　ですから何卒《なにとぞ》お力添えのほどよろしくお願いいたします（土下座）！

それでは二巻でまた皆様とお会いできますこと、切に願っております。

雨音《あまね》　恵《めぐみ》

MF文庫J

こそっと恥じらう姿を俺だけに見せてくる学園のお姫さま

2025年 2月 25日　初版発行

著者　雨音恵

発行者　山下直久

発行　株式会社 KADOKAWA
〒102-8177 東京都千代田区富士見 2-13-3
0570-002-301（ナビダイヤル）

印刷　株式会社広済堂ネクスト

製本　株式会社広済堂ネクスト

Printed in Japan　ISBN 978-4-04-684558-0 C0193

【ファンレター、作品のご感想をお待ちしています】
〒102-0071 東京都千代田区富士見2-13-12
株式会社KADOKAWA　MF文庫J編集部気付「雨音恵先生」係「ゆきみや湯気先生」係